그 사람, 그 무늬들

그 사람, 그 무늬들

황영경 책이야기

책 세상, 겹겹이 열린 문들

19세기 프랑스의 청년 시인 아르튀르 랭보는 세상의 모든 삶을 다 살아보고 싶다고 목말라했다. 나는 일찍이 세상의 모든 책을 다 읽어보고 싶다는 가상스런 꿈을 꾸고는 했다. 내 방이 따로 있을 리 없는 어렸을 적에는 식구들이 잠을 자야 하는 소등의 시간이면 곤혹스러웠다. 낮에 읽었던 책 속의 세계로 자맥질해 가며 긴긴 밤을 견디고는 했다. 잠꼬대도 했을 것이다.

조선 후기에 몽예(夢囈, 잠꼬대)라는 호를 가진 문인(남극관)이 있었다. 지독한 독서광이었던 그는 어렸을 적부터 눈병이 날 정도로 책 읽기를 즐겨 해서 온 집안의 걱정을 샀다. 그의 할아버지(남구만, 숙종 때 문인)까지 나서서 손자의 독서를 경계할 정도였으니.*

---

* 『몽예집(夢囈集)』에 실려 있는 「단거일기(端居日記)」는 책읽기를 참아보려는 가상한 노력을 기록한 글이다. 전송열, 『옛사람들의 눈물 조선의 만시 이야기』 참조.

나 역시도 문제아였다. 책 귀신에 씌었는지, 더디 발달되는 시력 때문에 어머니의 가슴을 철렁하게도 했다. 철이 다 들 무렵까지도 '방콕'에서 손 하나 까딱 안 하고 배 깔고 엎드려 책만 읽던 막딸년이 얼마나 밉살스러웠을까마는, 비교적 관대하셨던 어머니께 감사를!

나는 책에 한에서는 아주 이기적이기까지 했다. 여행 중에도 그것을 읽겠다고 머리맡 스탠드의 조도를 낮추기 위해 신문지를 씌워놓고 룸메이트를 힘들게 한 적도 있었다. 물론 지금은 더 나빠진 시력 때문에 그렇게까지 탐욕스러울 수는 없지만.

내게 활자중독증이라는 병세가 있다는 걸 나중에야 알았다. 굴러다니는 종이 쪼가리에 박힌 깨알 같은 글자들을 더듬어 읽으면서 허기진 성장의 통증을 스스로 치유했던 모양이다.

외삼촌이 고등학교 졸업 우등상으로 타온 두툼한 『동아새국어사전』이 어느새 내게로 넘어왔을 때(아마 어머니가 친정 나들이에서 집어다 주셨을 것이다), 세상이 언어의 질료로 이루어진 것을 알았다. 먼지처럼 부유하는 말글의 입자들, 그렇거니 세상은 계속 말해져왔고 또 멀리 무궁하게 말해져야만 할 것이다.

도서관의 뒷 서가와 헌책방에서 발견한 고색창연한 서책들 속에서 문(文)을 숭배하다가 미친 선비 유림들, 백척간두의 벼랑으로 기필코 밀고 갔던 그들 필생의 한에 감전된다, 전율한다.

진실은 칼끝에도 펜 끝에도 한 점 묻지 않는다.

현실의 갑갑한 문이 나를 가둘 때 책 속에 열린 여러 겹의 덧문을 자꾸만 밀고 나가면 거기서 또 다른 세상을 만날 수가 있었다. 책만 한 박물관과 성채가 어디 있으랴.

앞서 간 사람들의 삶의 궤적과 사상, 의식들을 책이라는 물리적 집체가 없었다면 어찌 접할 수 있을까. 그 모든 누군가의 고뇌와 비통으로 태어난 문장들에게 경배를 드릴 수밖에.

하루 두 끼 정도의 구매밥에다 책과 원고지만 주어지면 종일 감옥에 갇혀도 좋겠다는 간절한 소망을 품은 적도 있었다. 오로지 읽고 쓰는 일에만 집중해서 살고 싶었고, 앞으로도 또한 그러할 삶을 열망하면 가슴이 뛴다.

조르주 베르나노스는 말한다. "이 책을 다 쓰면 내 영적 운명은 다 채워지는 것일 터, 영혼들이 내 빵을 먹을 것이기에."(『어느 시골 신부의 일기』에서) 그렇다, 언젠가 내게도 더 이상의 시력이 허락되지 않을 때, "책! 책!"을 외치며 고요히 또 다른 영역의 세계로 넘어 들어가는 마지막 꿈을 미리 꿀 때면 황홀한 심사마저 피어오른다, 회심의 미소와 함께. 이게 다 책이 주는 마력 때문이다.

책을 읽으면서 줄 치고 메모하는 습관 때문에 이 책이 나올 수 있었다. 미련이 남은 책장을 넘기면서 밑줄이 그어진 문장들과 난필로 적바림해놓은 문장들을 다시 옮겨 적는 일도 내 독서의 방법이다. 정금

같은 문장들을 되새김질하듯 곱씹으면서 내 것으로 가지고 싶었으나, 그건 어디까지나 아낌없이 나눠 쓰는 공공재여야만 했다.

여기에 수전 손택의 말을 빌려와 추인한다. "책들이 사라진다면 역사도 사라질 것이고, 인간 역시 사라질 것"이라고. 신문 칼럼이라는 지면상의 이유로 경골어류의 등 가시처럼 '쎄'고 딱딱했던 얘기들을 다시 매만지면서 가차 없이 버려진 잔가시들과 살점들도 추려서 살려 보았다.

텍스트로 들여와 참고하여 인용했던 책들과, 함께 언급했던 책들의 목록도 덧붙인다.

묵혀 있던 원고를 되살려서 출간의 기회를 열어준 푸른사상사에 감사드린다.

2017년 가을에

저자

차례

그 사람, 그 무늬들

제3부 **반성, 존재, 그리고 반복**

차례

제4부 **다시 불러내는 사람들**

그 사람, 그 무늬들

제5부 아직도, 지나가는……

제1부

일부러 그랬겠어요?

라이파, 눈이 많이 내렸네요

나중에 누가 라이파라고 부르더라도 절대로 대꾸하지 않을 거
라고.

— 위화, 『내게는 이름이 없다』에서

신년 아침에 떠오른 해가 바로 어제의 그 태양이었다는 것을 뻔히 알면서도 우리는 새로 태어나기라도 한 것처럼 '새날이 왔다'에 온갖 의미 부여하기를 멈출 수가 없다. 이렇게 살 수는 없지, 다시 시작해야 해. 비록 작심삼분일망정 스스로를 점검해본다. 그러나 급물살을 타고 변해가는 세상의 속도감에 현기증을 느끼며 무력감만 확인하지는 않았는지.

그날이 그날일 뿐인 일상에 매몰된 삶 속에서 갑자기 득도라도 한 듯 오도송(悟道頌)처럼 "이제 달라질 거야"라고 외치다가 아무것도 변하지 않는 주변 상황에 진노하여 스스로를 고독 속에 가두며 마침내는 폐인이 되는 한 남자의 이야기가 있다.

페터 빅셀의 『책상은 책상이다』, 이 책 속에서 옹색한 신념에 찬 인

물들이 벌이는 해프닝들은 한 편의 블랙코미디처럼 수선하다. 극대화된 그들의 모습은 마치 과도한 노출 상태에서 찍힌 스냅 사진처럼 다시는 들여다보고 싶지 않을 수도 있다. 이 이야기들 속의 주인공들은 모두 중년 이상의 남성이다. "정서적으로 유연한 여성들에 비해 남자들은 실제로 나이가 들어가면서 스스로를 고립시키고 사회와 소통이 점점 어려워지는 경우가 더 흔하다"는 역자의 말은 변화를 수용하는 능력이 남성보다는 정서적인 구조상으로 여성이 더 우세하다는 통설과도 무관치 않은 것일까.

타인을 변화시키기보다는 내가 변해야 한다고 골수에 깊이 아로새겨놓고도 상대가 먼저 양보해주기를, 이해해주기를 바라며 나는 배려받기에 충분한 사람이라는 터무니없는 망념에 사로잡히는 고질적인 증세. 인간은 누구나 노년에 이르면 몸뿐만 아니라 정신까지 일정 부분은 유아기 상태로 되돌아가는 퇴행기를 맞게 된다. 노년기의 퇴행이야 그렇다손 치더라도 너무 일찌감치 유아독존이 되어 시차부적응 증세를 나타내는 경우에는 어찌해야 하나?

다시 책 속의 그 남자를 들여다보자. 그는 세상이 전혀 변하지 않는다는 사실에 견딜 수 없어서 애꿎은 자신의 책상에게 화풀이를 한다. "달라져야 해, 달라져야 한다구!" 목청껏 부르짖으며 단단히 움켜쥔 두 주먹으로 책상 판을 북 치듯이 흠씬 두들겨 패지만 제 손목 관절만 상하고 만다.

맞다, 모든 게 다 책상 때문이다!

"애초에 젊은 날부터 책상 앞에서 모든 것을 해결하려 했던 것이 잘못이었다."

변화하려고 했지만 아무것도 달라진 게 없어서 도저히 자신을 용서할 수 없는 또 한 남자가 있다. 한국의 작가 최수철의 「얼음의 도가니」의 주인공인 그도 어느 날 밤 시퍼렇게 벼려진 톱으로 땀을 뻘뻘 흘리며 책상을 반으로 잘라내고 있다. 일찍이 먹고사는 문제를 책상에 의지하려 했던 그는 "적어도 저 책상 위에는 아무런 비극도, 드라마도 없으리라" 믿었기에 더욱 자괴감에 빠진다. 불합리한 현실에 나를 맞춰 넣으려고 발광을 하지만 아무것도 바뀌지 않는 세태에서 미처버리고 마는 남자들.

최수철의 '책상 남자'는 책상을 잘라내고 있는 것은 나 자신이 아니라고 부인하지만, 페터 빅셀의 '책상 남자'는 결국 책상이라는 이름을 양탄자로 바꿔버리는 특단의 조치를 취한다.

그는 책상뿐만 아니라 자신의 방 안에 놓인 눈에 보이는 사물들의 이름을 모조리 바꿔버린다. 신문을 침대로, 침대를 사진으로, 사진을 책상으로, 의자를 시계로, 시계를 사진첩으로. 이처럼 계통과 질서도 없는 '날치기식' 즉흥적인 바꿔치기에 쾌감과 재미를 느끼는 남자는 온종일 자신이 새로 부여한 단어들을 외우느라고 시간 가는 줄 모른다. 지독한 퇴행이랄까. 이 남자의 말을 이해하는 사람은 아무도 없고 남자는 자신의 언어에 갇혀서 세상과의 소통을 스스로 포기하기에 이른다.

사람에게나 사물에게나 한번 부여된 본래의 이름을 함부로 '바꿔치기'할 수 있다면, 그것은 재구성되고 재현되는 창작 속에서나 허용 가능한 일이 아닐까. 약속된 이름을 무시하면서 그 이름을 가진 인간을 조롱하는 것은 역설의 진실을 깨우치기 위한 트릭에 지나지 않는다

해도 뒷맛은 역시 씁쓸하다.

위화의 소설 『내게는 이름이 없다』에 나오는 주인공은 '라이파'라는 본명을 가졌지만 아무도 그 이름을 모른다. '어이'나 '바보'로만 부르며 조롱과 학대로 그의 존재를 마구 유린하던 주위 사람들. 야비하게도 그들은 바보의 도움이 절대적으로 필요한 어느 순간에 이르러서야 비로소 "라이파, 너와 난 오랜 친구잖아"라며 처음으로 그의 이름을 불러준다. 그들은 눈이 내리는 겨울에 라이파의 개를 잡아먹겠다는 약속을 깨고서 반항하는 개를 끌어내기 위해서 라이파를 이용한 것이다. 라이파도 아직 눈이 내리지 않았다고 반항했다.

자신조차도 생소한 이 이름을 들었을 때 라이파 그의 가슴이 쿵 내려앉았던 것은, 사실은 그가 자신의 이름을 너무나 순절하게 지니고 있었기 때문. 그가 이름을 되찾았을 때 "나중에 누가 라이파라고 부르더라도 절대로 대꾸하지 않을 거라고" 맹세하는 결말은 유명무실과 소통 불가능의 무대 밖 현실 속으로 다시 허우적거리며 떠밀려오는 우리들 자신의 모습을 확인시켜준다.

이름을 지키는 것, 그것은 이미 약속되고 합의된 본질을 지키는 게 아닐까.

'개잡년' 어머니, 조동옥 씨!

> 기분이 나쁠 때나 슬플 때나, 심지어 매우 기분이 좋을 때도
> '나는 개잡년이오.'
>
> ― 김인숙, 「조동옥, 파비안느」에서

고대 그리스 비극 중에 자신의 두 눈을 스스로 찔러서 소경이 된 왕의 이야기가 있다. 선왕이었던 생부를 죽이고 왕비였던 생모와 결혼한 왕이 있었으니 참으로 얄궂은 운명이랄까. 소포클레스의 「오이디푸스 왕」, 이야기가 좀 복잡하다.

'네가 낳은 자식이 언젠가는 너를 죽이고 네 아내와 결혼하리라.' 신의 저주를 받고도 라이오스 왕은 결혼하여 아들을 낳는다. 아들을 얻은 기쁨도 잠시뿐 도저히 불안하고 찜찜해서 견딜 수가 없는 왕은 시종을 시켜서 어린 아들을 '처치'하는데, 이게 바로 대재앙의 빌미가 된다. 훗날 다른 나라에서 어엿한 청년으로 성장한 오이디푸스는 여행 중에 우발적으로 한 노인을 죽인다. 그 사람이 바로 자신의 생부 라이오스 왕이었던 것. 총명하고 지혜로운 청년인 오이디푸스는 어려

운 관문을 통과하여 결국 자신의 조국에서 왕이 되고 죽은 라이오스 왕의 비와 결혼한다. 그 여인이 자신을 낳아준 생모인 줄은 까맣게 모른 채.

불의를 싫어했던 오이디푸스 왕은 훗날 이 믿지못할 사실이 밝혀지자 제 두 눈을 찌른다. "이제부터 너희들은 어둠 속에 있거라! 보아서는 안 될 사람을 보고, 알고 싶었던 사람을 알아채지 못했던 너희들은 다시는 누구의 모습도 보아서는 안 된다."

만인의 제왕이 수치스럽고 처참한 존재로 급락하는 순간 두 눈에서 피를 쏟으며 울부짖는 장면은 상상만으로도 전율이 온다.

알고 지은 죄, 모르고 지은 죄 다 용서해달라고 신께 간곡하게 회개의 기도를 올리면 충분할 것을 뭐, 그렇게까지? 잘 모르겠다, 기억이 안 난다, 하고 모르쇠로 잡아떼면 될 것을. 정말 왕은 어처구니없이 그 몹쓸 운명의 소용돌이에 휘말린 게 아닌가.

그럼, 제 아들과 결혼해서 자식까지 낳은 그 어머니(왕비)는 어떻게 되었을까? 자신의 젊은 남편(왕)이 자기가 낳은 자식이었다는 사실이 드러나는 순간 이 비운의 여인 역시 스스로 목을 맨다. 본인들의 의지와 상관없이 희대의 근친상간 죄인이 된 두 사람은 참혹한 징벌을 받았던 것이다. 과연 신들의 나라답게 그리스의 고전극에서 신의 막강한 위력 앞에 인간은 아무도 도전장을 내밀 수가 없다. 신이 곧 진리요, 법이니까.

신은 왜 그렇게 오이디푸스 집안에게 가혹한 형벌을 내려야만 했나? 이에 대해서는 오이디푸스의 아버지 라이오스 왕에게 이미 문제가 있었던 것으로 당위성을 확보한다. 그가 젊었을 때 전쟁 중에 다른

나라에서 부적절한 짓을 좀 했었다고(일설에 의하면 동성애 문제였다
고도 한다). 그래서 자식을 낳지 말라는 신의 저주를 받은 것이다. 아
무리 그렇기로서니 왕에게 자식을 낳지 말라니, 신께서 너무하신 거
아닌가. 왕권을 누구에게 물려주라고.

   그리스 신화 속에 나오는 수많은 신의 계보들, 신인지 인간인지조
차도 불분명한 존재들, 그들을 좀 파악하려면 머리가 지끈거린다. 하
지만 그 신들은 불명예를 제일 싫어한다는 사실, 이는 만고불변의 진
리임을 확인하게 된다. 자신들의 존엄성이 조금이라도 손상됐다 싶으
면 누구를 막론하고 그 상대자를 가차 없이 응징하는 신들.
   서양의 '르네상스' 이후부터 '인본주의'라 하여 신에게서 '해방'된
인간들의 간덩이가 부어올랐다는 '설'도 있다. 어쨌든 신을 두려워하
지 않는 인간들이 무슨 짓인들 못하겠는가? 하늘이 인간에게 요구하
는 법 중에 가장 기본적이라 할 수 있는 천륜이 있다. 하늘의 인연으
로 정해진 부모 자식 간의 절대적인 금기사항.
   '

   여기 오이디푸스 왕 못지않게 천륜을 어긴 또 한 명의 인간이 있다.
그 여자의 이름은 '어머니'다. 호적명은 조동옥인데 나중에 스스로
'파비안느'라는 브라질 여자 이름을 택한다. 사춘기 딸애가 낳은 딸
(손녀)을 자기가 낳은 딸로 입적시키기 위해서 브라질로 이민을 가버
린 엄마. 철저하게 자신이 낳은 딸과는 인연을 끊었다. 그것이 '두 딸'
을 지키기 위한 필사의 방법이었으니까.
   김인숙의 소설 「조동옥, 파비안느」에 보면 그 기구한 사연이 적나

라하게 나온다.

"나는 개잡년이다!"

브라질 사람들 앞에서 자기 스스로를 욕하는 여자. 자청해서 죗값을 치른다. 왜? 천륜을 어겼으니까. 스스로 택한 멍석말이나 조리돌림의 형벌이었을 테지.

"기분이 나쁠 때나 슬플 때나, 심지어 매우 기분이 좋을 때도 나는 개잡년이오"라고 노래 부르듯 했다는 어머니. 그래서 브라질 사람들은 '개잡년'이 그 어머니의 이름인 줄 알고 대놓고 불렀다지, 아마.

「조동옥, 파비안느」, 이 작품이야말로 소포클레스의 「오이디푸스왕」에 버금가는 절창의 비극이 아닌가.

자신의 죄과에 통절하며 스스로 눈을 찌르거나 목을 매거나 '개잡년'이 되는 인간들도 있다. 반면에 눈 한번 깜짝하지 않고 활개 치며 잘 먹고 잘 사는 인간들도 하고많다는 사실.

조동옥 씨, 남은 생을 '개잡년'으로 살았으니 스스로의 저주에서 이제 그만 풀려나세요!

재채기 한 번 하고, 죽은 남자

절대 일부러 그런 게 아니란 걸 알아주십시오!

— 안톤 체호프, 「어느 관리의 죽음」에서

여기, 사과하다가 죽은 한 남자가 있다.

이 남자는 오페라를 관람하던 중에 재채기가 나와서 본의 아니게 바로 앞좌석에 앉은 통신부 장관의 뒷덜미에 침방울을 날렸던 것. 하급 관리였던 남자는 장관에게 필사적으로 용서를 구했지만 제대로 받아들여지지 않자 결국은 죽고 만다. 간이 벼룩의 간만도 못한 이 남자는 아마도 심장마비를 일으켰던 것 같다. 재채기 같은 인간의 자연스런 생리 현상 때문에 목숨까지?

그렇다, 재채기 한 번 잘못하면 이 남자처럼 정말 죽을 수도 있다.

이 사건은 19세기 러시아 소설 속에서 있었던 이야기다. 사실 여기 나오는 장관님은 목덜미에 침 몇 방울 튄 걸 가지고 '사람을 잡는' 그렇게 협량한 분이 아니시다. 장관님은 다만 장갑으로 자신의 목덜미를 닦아내면서 뭐라고 한마디 투덜거렸을 뿐인데, 너무나 기가 약한 뒷줄의 그 남자가 장관님의 권위에 스스로 눌려서 지레 겁을 먹었던 것이다.

안톤 체호프의 단편 「어느 관리의 죽음」은 '거세 공포증'에 사로잡혀서 제 명을 재촉한 한 남자의 아주 짧은 이야기다. 그러니까 그 장관님께서 조금만 친절하게 그 남자의 사과를 받아주기만 했어도 불행을 막았을 텐데.

가엾은 그 남자는 오페라 막간 휴식 시간에도 상관을 만나서 거듭 사과한다.

"아, 됐소. 이미 다 잊었는데 계속 같은 말을 할 거요?"

아랫입술까지 실룩거리는 장관을 보면서 남자는 더욱 오싹해진다. 아, 장관님, 그때 딱 한 번만 온화하게 웃어주셨더라면 남자가 그렇게 계속 귀찮게 굴지는 않았을 텐데요.

그 남자의 아내까지 거들고 나선다.

"그래도 찾아가서 용서를 구하세요. 그분이 당신을 처신도 잘 못 하는 사람이라고 생각할지 모르니까."

예나 지금이나 '찾아가는' 게 제일 좋은 방법이다.

이발까지 하고 새 제복으로 갈아입은 남자는 장관의 집무실로 찾아간다. 한창 업무에 바쁜 장관님께 들러붙다시피 하며 거듭 사죄하는 남자.

"절대 일부러 그런 게 아니란 걸 알아주십시오!"

세상에 일부러 재채기를 남의 뒤통수에다 대놓고 하는 사람이 어디 있다고. 장관님이 돌아버릴 지경이다.

"날 놀리는 거요, 당신?"

장관님이 어이없어하자 남자는 크게 상심하여 돌아온다.

이때 장관님이 조금만 관용을 베풀어서 남자의 사정을 알아봐줬더라면?

가엾은 남자는 장관님이 풀어지실 때까지 들이댈 수밖에 없다. 다음 날 용기를 내어서 또 장관님을 찾아간 남자는 계속 머리를 조아린다.

"제가 어떻게 감히 장관님을 놀릴 수가 있겠습니까? 저는 단지 재채기를 하다가 침이 튄 걸 사죄드리려고 했을 뿐인데요."

"당장 나가!"

드디어 장관님은 버럭 소리를 지르면서 노발대발하신다. 이때 장관님이 조금만 자제를 하시고, 남자를 잡상인 취급하지만 않으셨다면?

이 '웃기는' 상황에서 결코 웃을 수만 없는 것은 재수없으면 나도 그런 경우에 처할 수 있다는 가정을 딱히 피할 자신이 없기 때문이다. 상호 간의 소통 부재는 죽음까지 불러온다. 인격 살인이라는 말도 있다. 가해자도 피해자도 불분명한 이 '회색 테러'를 당하면 누구라도 무고한 희생자가 될 수밖에 없다.

공포에 질린 남자의 뱃속에서 뭔가가 끊어졌다고 소설의 말미에서 밝히고 있다. "아무것도 보지 못하고, 아무 소리도 듣지 못하고" 간신히 뒷걸음질을 쳐서 그 자리를 빠져나왔다고 하니, 자신의 진심이 통하지 않는 현실 앞에서 실의에 빠진 그 남자는 아마도 정신줄을 놓아버린 것 같다. 독자들은 그깟 일로 경기를 일으키는 새가슴이라면 죽어도 싼 한심한 인간이라고 몰아붙이실 수도 있겠지만.

직장에서 잘릴까 봐 상사에게 필요 이상으로 복종하고, 친구들로부터 따돌림당할까 봐 무리지어 행동하고. 언젠가는 제거당할 수도 있다는 불안감에 휩싸여서 이상 징후를 나타내는 거세 공포증은 불완전한 인간의 일반화된 심리로 해석되고 있다.

여기 또 한 명, 재채기의 주인공이 있다. 전혀 감기 기운이 없는데도 아기 때부터 늘 재채기를 달고 살아가는 인물. 원인을 알 수 없는 희한한 병이라고만 하니 아마도 알레르기 체질이 아닌가 싶다. 하여튼 멋진 바이올린 연주자이기도 한 그 소년은 합동 연주회에서도 재채기 때문에 곤란을 겪고는 하는데, 오직 홀로 강가를 산책하면서 위안을 얻는다. "잔잔히 흐르는 강물과 새들의 부드러운 지저귐만이 그의 깊은 고통을 위로해"주니까. 그러나 뜻밖에 운명처럼 나타난 친구가 있었으니, 그 소년 역시 사람들 앞에서 늘 볼이 빨개지는 이상한 병증 때문에 저 혼자 노는 외로운 아이였다. 자, 이 친구들 이제부터는 거의 바늘과 실처럼 붙어 다니며 단짝이 된다.

프랑스 작가 장 자끄 상뻬의 『얼굴 빨개지는 아이』, 동화처럼 펼쳐지는 이 이야기를 읽다 보면 늘 타성적인 비관의 노예가 되어 있는 자신을 발견하게 된다. 감정도 습관이라 했던가. 결핍과 상실감, 열등감 따위의 낙관을 방해하는 정념들은 물론이요, 동정과 연민조차도 때로는 우리 스스로를 억압하는 나쁜 정서이지 않았던가.

아 그런데, 재채기 한 번 하고 벌벌 떨고 있는, 러시아의 그 남자에게도 얼굴 빨개지는 아이 같은 친구 한 명만 있었더라면, 무조건 내 편이 되어줄 친구가 있었더라면……?

프랑스의 그 두 아이들, 나중에 어른이 되어 다시 만나서도 여전히 '절친'이 된다. 재채기를 터뜨리고, 얼굴이 붉게 달아오르는 증세를

그 사람, 그 무늬들

여전히 달고서도 그보다 더 좋을 수 없이 신나게 잘 살고 있다.

하여간에 소설 속의 그 장관님, 오페라를 보러 다니실 정도면 근엄하고 까칠한 고위 공직자의 표상만은 아닐 텐데 미소에는 왜 그리 인색하셨는지? 19세기 말 격랑의 러시아, 그 시대적 배경과 무관할 수는 없겠지만, 재채기 때문에 죽음에 이르는 남자. 부디 21세기에도 유효한 캐릭터가 아니기를!

잃어버린 내 목걸이

아, 가엾은 마틸드! 내 것은 가짜였어.
기껏해야 5백 프랑밖에 안 나가는······.

— 기 드 모파상, 「목걸이」에서

바다에 사는 눈먼 거북이 한 마리가 수면 위를 이리저리 떠돌아다니고 있다. 나무로 만든 목걸이 하나도 바닷물 위를 둥둥 떠다닌다. 거북이가 이 나무 목걸이를 목에 걸 수 있는 확률은 얼마나 될까? 행운은 이처럼 망망대해에서 눈먼 거북이가 우연히 떠다니는 나무 목걸이를 잡았을 경우에 비유된다. 맹귀부목(盲龜浮木) 또는 맹귀우목(盲龜遇木)이라는 고사성어의 어원을 캐어보면 이 같은 눈먼 거북이의 '목걸이' 이야기가 나온다.

하지만 목걸이라고 다 같은 목걸이가 아니다.

어떤 여자는 목걸이 한번 목에 걸었다가 10년여의 세월 동안이나 혹독한 대가를 치러야만 했다. 높은 분이 주최하는 저녁 야외 파티에 초대받지만 변변한 옷과 장신구 하나 없는 그 여자는 초대장을 팽개

그 사람, 그 무늬들

치며 남편에게 바가지를 긁는다. 예나 지금이나 그 파티란 데는 왜 그렇게 여자들의 패션쇼장이 되어야만 하는지?

여자의 남편은 할 수 없이 '꼬불쳐' 놓았던 돈을 내놓는다. 덕분에 옷은 해결되었지만 몸에 붙일 장신구가 없으니 여자는 또 차라리 가지 않겠다고 남편을 들볶는다. 가든가, 말든가 알아서 해! 대다수의 남편들은 이렇게 불같이 화를 내건만, 이 여자의 남편은 참 낭만적이다. 생화를 꽂고 가면 될 게 아니냐고 아내를 달랜다.

남편의 말마따나 장미꽃 두 송이쯤을 가슴에 꽂고 가면 더 독보적으로 멋있을 텐데 여자는 그건 부유한 여자들 틈에서 더 굴욕적일 수 있다고 짜증을 낸다. 그래도 그 남편, 인내심 한번 대단하다. 여자의 동창에게 가서 보석을 빌려보라고 아이디어까지 내놓는다. 이는 프랑스 작가 기 드 모파상의 「목걸이」에 나오는 얘기다.

여자는 친구에게서 빌린 다이아몬드 목걸이를 걸고 파티에 가서 흠뻑 쾌락의 시간을 즐긴다. 그러나 행복은 잠시뿐 친구의 목걸이를 귀갓길에서 잃어버린다. 그렇게 유난을 떨어대더니 결국 여자는 사고를 치고 만 것이다. 하급 관리인 남편의 수입으로는 그런 비싼 다이아몬드 목걸이 같은 건 평생 가야 꿈도 꿀 수 없었던 것. 그들 부부는 전 재산을 저당 잡히고도 모자라 여기저기서 변통을 하고 고리대금 빚까지 내서 똑같은 목걸이를 구해가지고 여자의 친구에게 돌려준다.

이제부터 그들은 빚 갚기에 여생을 '올인' 해야 한다. 신은 결코 이 가난하고 허영심 많은 여자의 편에 서지 않았지만, 대신 대범하고 선한 남편만은 여자의 옆에 계속 머무르게끔 허락하신다. 남편은 여자를 구박하거나 원망하지 않고, 하루라도 빨리 빚을 갚기 위해 남의 가게에서 장부 정리를 해주는 아르바이트까지 마다하지 않는다.

참, 아무리 소설이지만 이렇게 착한 남편이 있기는 있다. 필자가 여태까지 보아온 웬만한 소설 속의 남편들은 모두 아내에게 절대로 인정을 베풀지 않는 야박한 인물들이었다. 특히 한국 소설들은 거의가 그랬다. 하지만 뭐, 소설은 시대를 닮아간다고 하니까 앞으로는 점점 착한 남편이나 남자가 등장하기를 기대해본다.

다시 그 부부 얘기로 돌아가면, 그들은 집칸을 줄이고 비참한 절약 생활을 감행한다. 여자도 함께 그야말로 뼈 빠지게 일한 결과 이자의 이자까지 쳐서 결국 빚을 다 갚게 된다. 그 각고의 세월 동안 여자는 할머니가 다 되었고.

"아! 가엾은 마틸드, 어째 이리 변했어?"

거리에서 우연히 만난 그 목걸이의 주인인 친구는 여전히 아름답고 매력적인 여자였다.

"다, 너 때문이었어!" 하지만 "결국 다 해결했어. 내 마음은 후련해."

이렇게 '쿨하게' 끝났다면 너무나 뻔한 사필귀정. 하지만 그 반전의 묘미는 허탈 맹랑하다.

"아, 가엾은 마틸드! 내 것은 가짜였어. 기껏해야 5백 프랑밖에 안 나가는……."

친구의 그 목걸이는 모조품이었던 것. 보석을 탐한 잠깐의 죄과로 피폐진 한 여자의 삶의 모습. 소설은 이 마지막 장면을 위해서 구성된 것이리라.

'어머니의 진주 목걸이'라는 애칭을 가진 산이 있다. 세계의 3대 미봉(美逢) 중의 하나인 아마 다블람(Ama Dablam). 히말라야 산맥의 설산에 들어앉아 은빛으로 빛나는 그 신비로운 영봉에 '여인'이 아니라 '어머니(Ama)'를 붙임으로써 최고의 찬사를 바치는 산악인들. 꼭 정복하지 않아도 된다는 그들 스스로의 위안과 염원이 투사된 이름.

남 앞에 꼭 걸고 나가지 않고 보석함에 깊이 간직해두는 진주 같은, 그런 목걸이 하나쯤 우리도 가질 수 없을까?

아, 다 가짜였어! 모두가 다 사기였다고!

한동안 온 나라 안팎에서 터져 나왔던 분노의 함성. 아직도 끝나지 않고 귓전을 때린다.

누군들 가짜 목걸이와 가짜 행운에 속아서 눈이 멀지 않겠는가. 맹귀부목, 눈먼 거북이처럼 일생에서 그런 행운의 목걸이를 한 번 가질 수 있다면, 그건 동화 속의 세상에서나 가능한 판타지인가.

"인생이란 참 이상하고 무상한 거야! 사소한 일이 파멸을 가져오기도 하고 구원을 베풀기도 하니." 그 여자 마틸드의 뒤늦은 깨달음처럼 또 누가 알리?

구원과 파멸이 한 뱃속에서 나온 쌍둥이 형제이고, 한 지갑에서 나온 동전의 양면인 것을!

너, 바틀비 맞지?

창백하리만치 말쑥하고, 가련하리만치 점잖고,
구제불능으로 쓸쓸한 그 모습이! 그가 바틀비였다.

— 허먼 멜빌, 「필경사 바틀비」에서

"안 하는 편을 택하겠습니다."

회사에서 상사가 시키는 일마다 매번 거절을 하는 직원의 답변이다. 할 수 있는 충분한 능력은 있지만 하지 않겠다는 확고한 자유의지의 표현인가. 그렇다면 윗사람에게 밸이 꼴려서 억하심정이 충만하다는 뜻인데, 이 직원이 어떤 그룹 총수의 아들은 절대 아니다. 드라마에서 흔히 보듯이 무슨 경영 수업을 받겠다고 낙하산을 타고 나타난 해외 유학파 인물도 아니고 참, 아무리 시대가 바뀌었다지만 어디 밥 벌어 먹는 직장에서 윗분의 지시를 따박따박 말아 잡수신단 말인가. 오죽하면 동료 사원까지 미친 거 아니냐며 혀를 내두를까.

'안 하는 편을 택하겠다(I prefer not to do).' 이건 완벽한 거절에 대한 완곡한 어법이다. 단칼에 거절할 수는 없으니까 비교법식으로 슬찍 눙치는 거다. '하는 것'과 '안 하는 것' 사이에 폭넓은 완충의 스펙트럼이 있어서 안 하는 쪽을 택해도 정당한 것 같은 뉘앙스가 담겨 있다. 하여튼 상사의 지시마다 이런 얌체 같은 멘트를 날리며 뺀질거리는 사원 바틀비는 지금 우리 시대의 일그러진 젊은이 상을 연상케 하지만 이미 19세기에 생성된 인물이다. 그렇다고 바틀비가 하루 종일 직장에서 놀고 먹는 것은 아니다. 다만 자기 본연의 임무인 문서 베끼기는 충실하게 이행하지만 그 외의 일은 절대 안 하겠다는 확고한 의지를 밝히고 있는 것.

허먼 멜빌의 소설, 「필경사 바틀비」는 이처럼 이상한 존재감을 나타내는 사원 바틀비의 이야기다. 필경사라는 직종은 지금처럼 컴퓨터 워드 프로그램으로 문서 작성을 하지 않던 시대에 손으로 일일이 글씨를 베껴 쓰는 아주 섬세한 수공업 노동의 일종이었다. 변호사 사무실에서 묵묵히 기계적인 필경사로 일하면서 동료 직원들과도 거의 소통을 안 하는 바틀비. 사무실에 아주 눌어붙어서 숙식을 해결하는 주제에 변호사인 상사에게 잘 보일 필요조차 느끼지 못할 정도로 자아가 강한 캐릭터지만 한편으로는 무채색의 이미지를 띠고 있다. 좀 '좀비' 같은 인물이다.—그는 결국 필경 작업까지 거부하며 변질된다.

이 소설 속에서 이상한 것은 그런 뺀질이 사원을 당장 해고하지 않는 상사의 포용력이다. 혹시 그 변호사는 비리를 일삼는 나쁜 인간인가. 뭐 묻은 개가 뭐 묻은 개를 나무랄 수는 없으니까. 살벌한 시장경제 구조 논리상으로 회사에 별반 득 될 것도 없고 고분고분하지도 않는 사원을 계속 데리고 쓴다는 것은 업주의 관용이 아니라, 치명적인 약점으로 간주되니까 말이다. 그렇지만 "그의 태도에 최소한의 불안,

분노, 성급함, 무례함이 있었다면", 즉 바틀비가 일반적으로 '정상적인' 인간이었다면 차라리 내쫓았을 것이라는 변호사, 그는 악덕 기업주가 아닌 게 분명하다.

하지만 종업원에게 '하지 않을 자유'는 그리 오래 허락되지 않는 법. 자선사업가도 아닌 변호사는 마침내 뺀질이 바틀비를 떼어버릴 계책으로 사무실을 옮겨버린다. 문제는 바틀비가 예전의 그 사무실을 떠나지 않고 여전히 점령하고 있다는 것. 새로 입주한 주인이 아무리 나가라고 등을 떠밀어도 유령처럼 들러붙어 있던 바틀비의 최후는 결국 감옥행이었다. 그는 교도소 안에서도 아무것도 안 하고 밥도 안 먹고 자신의 '신념'을 지키다가 죽어버린다.

아, 뭐 이런 썰렁한 얘기가 다 있어?

20세기 초, 한 원주민 추장은 서구인의 '직업'에 대해서 의문을 제기한다.

"어느 빠빠라기(문명인)든 직업이란 것을 가지고 있다. 직업이란 무엇인가, 그것은 참 설명하기 어려운 일이다. 즐거워서, 그리고 신이 나서 해야 하는데, 대개는 조금도 내켜 하지 않으면서 하는 그 무엇, 그것이 직업이 아닌가 한다."

사모아 제도의 우폴루 섬에서 살던 그가 유럽을 다녀온 후에 자신의 부족민들에게 전하는 연설 속에 들어 있는 원시적 관점은 오늘날에까지 유효한 시사성이 있다. "빠빠라기는 '직업을 가진다'라는 말을 쓰는데 그것은 언제나 한 가지 일, 똑같은 일을 되풀이한다는 뜻이다." 얼토당토않은 것 같은 그 추장의 어록 속에는 예나 지금이나 직장인 빠빠라기들이 처한 딜레마의 참상이 이미 예견되어 있었다.

21세기의 일본 작가가 던지는 직업의 의심에도 귀를 기울여 볼만하다.

> 일본에서는 아직도 직업이 개인의 가치를 실현하는 유일한 수단인가? 그렇다면 직업을 잃은 인간이 사회에서 어떤 평가를 받으며 본인은 그것을 어떻게 받아들일까?
> — 히라노 게이치로, 「일관성과 영감」에서

「필경사 바틀비」, 소설의 배경은 미국의 월스트리트, 현재는 세계경제의 심장부인 증권가. 요 몇 년 전 젊은이들이 "월스트리트를 점령하라(Occupy Wall Street)!"를 외치며 뛰쳐나왔던 시위의 진원지가 아니던가. 숨 막히는 사무실에 틀어박혀 자신의 혈기왕성함을 짓누르고 나날이 창백해져가는 현대의 바틀비들. 무기력하리만치 유순하고 복종적이었던 그들이 불쑥 오큐파이!를 외치며 돌변할 때 그 분노를 막을 길이 없다.

혹시 직상에서 윗분의 입장인 독자분들, 어느 날 갑자기 아랫사람으로부터 예상치 못한 반항의 조짐이 나타났을 때 당황하지 마시길. 저게 아주 매를 벌고 있네, 너 아니라도 일할 사람 널렸거든! 울컥 열받아봤자 "창백하리만치 말쑥하고, 가련하리만치 점잖고, 구제불능으로 쓸쓸한" 우리들의 자화상인 것을. 19세기 소설 속의 바틀비처럼 "안 하는 편을 택하겠습니다"라는 멘트를 날리면서 끝까지 '개길' 수 없다는 사실을 뼈저리게 인식하고 있는 이 시대의 젊은이들인 것을.

감옥에 갇혀서 음식을 거부하며 죽어간 바틀비에게 역시 감옥에서 자신의 변호를 거부하고 죽음을 택한 청년 뫼르소(카뮈, 『이방인』의 주인공)의 모습이 겹쳐진다. 이들의 공통점은 기존의 가치관이나 질서, 통념을 비웃는 게 아닐까?

늘 예스맨, 긍정맨으로 살기를 훈련받은 사람들, 그들은 결코 도인이 아니다.

안개 빛을 닮은 눈동자를 보셨나요?

> 자기와 함께 지내는 사람에게 아무런 거리낌도 느끼지 않게
> 해주는 것, 그것보다 더 높은 지능이 어디 있을까.
>
> — 롤랑 바르트, 『애도일기』에서

어머니에게 전화를 하면 이제 자꾸 먼저 끊으려고 한다. "그래, 끊
자……."

어머니의 그 말이 그렇게 서운할 수가 없다. 전에는 내가 먼저 "엄
마, 빨리 끊어요"라고 재촉했었다. 나는 늘 바빴다. 그러나 엄마와 전
화 통화조차도 제대로 나누지 못할 정도로, 정말 그렇게 바빴나? 친
구들과 긴 수다는 잘도 떨면서 어머니에게는 항상 인색했었다.

그렇지, 어머니께도 뭔가 바쁜 일이 있겠지? 딸과 통화하는 것보다
더 우선적이고 중요한 무엇이 있을 테지. 아무리 그래도 그렇지, 늘
바쁜 딸이 모처럼 전화했는데. 이게 다 부메랑이다. 자식을 향한 어머
니의 갈망을 모른 척 외면한 대가로 이제 내가 어머니로부터 내침을
당하는가 보다.

"그쪽은 내 딸을 닮았네요."

"엄마, 맞아요. 제가 엄마 딸이에요."

"내 딸이라면 왜 내 곁에 있지 않니? 내가 키우지 않아? 누군가 널 데려다 키우는 거니?"

타이완 작가 룽잉타이의 어머니에게 치매 증세가 있다. 딸을 못 알아보는 어머니의 아득한 눈동자가 저녁달처럼 자꾸만 내 뒤를 따라오는 것만 같다. 소멸해가는 어머니의 삶을 지켜보아야 하는 딸의 심정이 절절하게 드러나는 대목에서는 나 자신 또한 회환의 감정이 가슴을 탁 치고 올라온다.

『눈으로 하는 작별』에는 작가 룽잉타이가 겪어내는 가족 간의 이별 과정이 일상의 이야기와 함께 어우러져 있다.

"부모와 자식은 이 세상을 살아가는 동안 점차 멀어져가는 서로의 뒷모습을 가만히 바라보며 이별하는 사이가 아닐까."

눈으로부터 제일 먼저 시작되는 이별이지만, 우리는 그것이 골수에 아로새겨진 유전자 형성관계까지 청산할 수 없다는 사실을 잘 알고 있다. 그렇다. 가족 앞에서는 바보도 천재도 없다.

"엄마, 제발 손가락으로 가리키지 좀 마세요. 함께 외출하면 난처하다니까요."

작가는 자신의 아들과 함께 외출할 때마다 지청구를 듣는다. 엄마의 시선을 따라 아름답고 신기한 세상을 익히던 그 꼬마 녀석, 이제 대학생이 된 그 아들은 엄마에게 절대로 관대하지 않다. 엄마의 진정을 잔소리 대왕의 고장 난 녹음 테이프쯤으로 여긴다. 그나마 갖다 버리지 않는 게 천만다행이다.

　　　　　　　　　　　　　　　　그 사람, 그 무늬들

"태어나 처음으로 집 밖에 나와 세상 구경하는 다섯 살짜리 꼬마처럼 왜 그러세요?"

아직도 감수성이 활화산같이 부글부글 끓어 넘치는 엄마는 주책바가지일 뿐이다.

아, 이게 다 부메랑이다. 이상적으로 비치지 않았던 우리들 부모의 모습. 그런데 그게 지금 우리들의 모습이다.

"난 엄마만 생각하면 우렁찬 목소리가 기억 나."

영화 속의 엄마들처럼 교양 있고 우아한 풍모의 엄마를 갖지 못했던 세대들은 뒤늦게야 깨닫는다.

"그래, 피난살이를 겪으면서 아이 넷을 낳아 그 뒤치다꺼리를 다 했는데, 언제까지나 연약한 아가씨로 남을 수는 없었겠지."

작가가 어머니와 쇼핑을 나와서 겪는 상황에서 나는 그만 허가 찔리고 만다.

"엄마, 연세 때문에 굽 높은 신발은 안 돼요. 넘어져요. 넘어지면 큰일 나는 거 아시죠?"

딸의 잔소리에 응 응, 하면서도 화려한 하이힐에 눈독을 들이고 있는 어머니에게 어이없어하는 작가의 모습이라니.

"엄마, 미쳤어?" 소리를 뻔했다는 그나 나나 어쩌면 그렇게 닮은 꼴인지. 어머니는 그때 납작한 노인용 구두만 권하는 딸이 얼마나 야속했을까. 그저 어머니의 망가진 관절만을 배려했고, 아직도 처녀 같은 어머니의 마음은 완전 무시해버린 내가 어떻게 '인간 탐구'를 업으로 하는 작가란 말인가?

어머니들도 여전히 본능적으로 곱고 예쁜 것을 추구하신다. 여기,

시인이 '재발견'한 어머니의 속곳도 있다. 참, 예쁘다!

> 고향에 내려와
> **빨래를 널어보고서야 알았네.**
> 어머니가 아직도 꽃무늬 팬티를 입는다는 사실을.
> 눈 내리는 시장 리어카에서
> 어린 나를 옆에 세워두고
> 열심히 고르시던 가족의 팬티들,
> (⋯⋯)
> 그 속에서 하늘하늘 팬티 한 장 어머니
> 볼에 문질러 보네. 안감이 붉어지도록
> 손끝으로 비벼보시던 꽃무늬가
> 어머니를 아직껏 여자로 살게 하는 무늬였음을
> 오늘은 그 적멸이 내 볼에 어리네.
> — 김경주, 「어머니는 아직도 꽃무늬 팬티를 입는다」에서

다음과 같이 룽잉타이의 글에서 길게 인용하는 대목은 우리들 모두가 뼈아프게 인식하고 대비해야 할 사안이다. 굳이 '노인 복지'라고 말하지 말자!

"눈이 어두운 노인도 읽을 수 있을 만큼 큼지막한 글자체로 된 책을 파는 서점은 없나 두리번거린다. 여든 살은 옷을 어떻게 입고 무엇을 먹어야 하며, 어떤 운동이 알맞고 친구는 어디서 사귀며, 고독에 어떻게 대처하고 상실감은 어떻게 극복하며(⋯⋯) 자신의 떠남을 어떻게 준비해야 하는지 말해주는 책들만 진열해놓은 서점은 없을까? DVD를 살 때도 여든 살의 사랑과 이별을 다룬 영화 타이틀을 진열한 코너

는 없는지 주의 깊게 살핀다."

만일 그런 것이 있다면 당장 사들고 가서 엄마와 함께 보고 싶다는 작가. 우리들도 그렇던가?

나날이 짙어지는 녹음이다. 빼곡한 이파리 사이사이로 삭제된 존재처럼 취급당하는 세대들, 안개 빛을 닮은 그들의 눈동자들이 아슴아슴 비쳐온다.

스물두 살에 어머니가 되고, 스물세 살에 혼자된 프랑스인 어머니. 세상에는 그런 어머니들이 끊임없이 존재한다. 롤랑 바르트의 『애도일기』는 작가 자신이 어머니를 잃고 쓴 글이다. 어머니는 병이 든 말년에 아들의 보살핌을 받으면서 당신 자신은 '보이지 않는 사람'이 되려고 애를 썼다. 아마도 글을 쓰는 아들을 위해서 스스로를 조심했을 어머니.

"혼자서 말할 수 없는 심정으로 밤을 견뎌야 했던" 어머니의 깊은 고독을 뒤늦게 깨닫고 깊은 슬픔에 허우적거리는 작가의 모습을 내 거울 속에서 발견한다. 매일 새벽 여섯 시 반이면 덜컹거리며 창밖으로 지나가는 청소차의 소리를 들으며 마음을 놓아 중얼거리던 그 어머니의 혼잣말 소리도 지금 내 귓가에서 어른거린다.

"이제야 밤이 지나갔구나!"

오빠가 사람이야?

우리가 이렇게 오래 믿었다는 것, 그것이야말로 우리의 진짜
불행이에요.

— 프란츠 카프카, 『변신』에서

아침에 깨어나 보니 자신이 한 마리의 벌레로 변해 있다면 어떻게
할 것인가?

등딱지가 딱딱한 갑각류의 곤충이 돼서 일어서지도 못하고, 짧고
가는 여러 개의 다리로 버르적거리고 있다면?

엎어진 김에 쉬어 가자고, 하루쯤 결근하거나 결석한다고 세상이
뒤집어지는 것도 아닌데, 다시 이불깃을 끌어다 쓰고 잠으로 빠져들
수 있다면? 이런 분들은 참 부럽게도 통 큰 삶을 사는 대인이거나, 이
시대에 가장 유망한 직업인 프리랜서 화백(화려한 백수)이겠지만.

새벽 기차를 놓치면 직장 상사인 지배인이 곧 집으로 들이닥칠 텐
데. 그런 일로 가족들을 실망시킬 수 없는 건실한 청년 그레고르 잠
자. 그는 앞으로 5, 6년만 꾹 참고 회사에 더 다니면 아버지가 사장에

게 진 빚을 자신이 다 갚게 되니까(아버지가 무슨 보증을 잘못 섰나?) 새로운 인생을 꾸미겠다는 희망을 품고 있었다.

아버지는 아직은 건강하지만 이미 5년 전부터 일손을 놓은 노인이 되었고, 천식이 심한 어머니는 숨 쉬는 일조차 힘들어 가정부가 와서 살림을 하고, 어린 여동생은 예쁘게 치장하고 바이올린이나 켜면서 실컷 잠이나 자고 가끔은 살림도 돕는 한량 아가씨인데 과연 그가 아니면 누가 나가서 돈을 벌어 온단 말인가?

이 부조리하게 생겨먹은 '집구석' 사정은 프란츠 카프카의 『변신』에 나오는 이야기다. 『이방인』의 작가 알베르 카뮈와 더불어 대표적인 부조리 작가로 명망 있는 카프카가 작정을 하고 비틀어버린 가상현실이지만 정말 대책이 없는 가족들이다.

어두운 소파 밑에서 괴물이 되어버린 자신의 모습을 감추며 수치와 고독의 나날을 보내던 그레고르는 가끔씩 본의 아니게 식구들에게 들켜서 소동을 일으킨다. 불쌍한 내 아들에게 가게 해달라고 울부짖던 어머니마저도 벌레 아들을 보고 실신해버린다.

"내보내야 해요."

이제 가족들의 결단만 남았다.

"이게 오빠라는 생각을 버리셔야 해요. 우리가 이렇게 오래 믿었다는 것, 그것이야말로 우리의 진짜 불행이에요."

이럴 때 비장해질 수 있는 건 아무래도 한 다리 건너인 여동생이다.

"만약 이게 오빠였다면, 사람이 이런 동물과 함께 살 수는 없다는 것을 진즉에 알아차리고 자기 발로 떠났을 테지요. 그랬더라면 오빠는 없더라도 계속 살아가며 명예롭게 그에 대한 기억을 간직할 수 있을 거예요. 그런데 이 동물은 우리를 박해하고, 하숙인들을 쫓아내고, 분명 집을 독차지하여 우리로 하여금 골목길에서 밤을 지새우게 하려는 거예요."

그래, 이건 충분히 말이 되는 소리다. 늘 예쁘장하게 제 몸이나 가꾸는 어린 아가씨인 줄 알았는데 정말 똑! 소리가 난다. 언제나 '젊은 것'들의 설득의 논리란 나름 정의롭고, 윤리와 현명함까지 겸비하고 있으니 말이다.

벌레만도 못한 인간이라는 말도 있다. 인간에 대한 최대의 욕이다. 그녀의 오빠가 사람이라면 정말 그럴 수는 없는 거다! 가족들의 고통도 모르는 벌레는 어차피 처단당해야 한다. 역시나 집안의 가장인 아버지의 역할은 중요하다. 식탁에 놓인 사과를 집어든 아버지가 벌레를 겨냥하여 던지기 시작한다. 아버지의 사과 폭탄 세례를 피하지 못하고 등에 사과 한 알이 박힌 채로 제 몸을 질질 끌고 나가는 그레고르 청년에게 구원의 손길은 없다. 그는 결국 아버지에게 달려가 껴안으면서 목숨을 보존해달라고 빌어야만 했다.

"인간을 동물로 격하시키는 것은 결코 그 야수성을 드러내기 위함이 아니라 삶의 막막함, 출구 없는 절망적 상황"에 대한 작가의 인식에서라는, 역자(전영애)의 작품 해설에 귀를 기울이면 그나마 그레고르를 향한 연민의 통증이 조금 진정된다.

자, 여기서 그레고르와 같은 또래인 청년 뫼르소의 육성을 한 번 들어보자.

나는 보기에는 맨주먹 같을지 모르나 나에게는 확신이 있다. 그렇다, 내게는 이것밖에 없다. 그러나 적어도 나는 이 진리를, 그것이 나를 붙들고 놓지 않는 것과 마찬가지로 굳게 붙들고 있다. 내 생각은 옳았고 지금도 옳고 언제나 또 옳으리라. 나는 이처럼 살았으니 또 다르게 살 수도 있었을 것이다. 나는 이런 것을 하고 저런 것을 하지 않았다. 어떤 일은 하지 않았지만 나는 마치 저 순간, 내 정당함이 인정될 저 새벽을 여태까지 기다리며 살아온 셈이다.

— 알베르 카뮈, 『이방인』에서

　정당방위를 인정받을 수 있음에도, 굳이 살인죄의 피의를 뒤집어쓴 뫼르소. 그 어떤 구원마저도 거부하는 이 청년의 항거를 두고 누군가는 '반항적 실존주의'라고 명명했다(작가 본인은 정작 사르트르와의 논쟁으로, 실존주의를 달가워하지 않았다지만). 끈질기게 찾아오는 신부님의 멱살을 잡고 흔들며 당장 꺼지라고 욕설을 퍼붓는 혈기방장 청년의 모습, 꽤나 충격적이다. "살인범으로 고발된 자가 어머니의 장례식 때 눈물을 흘리지 않았다고 해서 사형을 받는다고 한들 그것이 무슨 중요성이 있다는 말인가?" 신(신부)을 거부하는 청년이 터뜨리는 내면의 외침, 그것은 매우 상징적인 세기의 고해성사였으리라.

　봐라, 이 비루하고 허망한 세상, 그래도 살고 싶으냐?

　반의 반 세기의 시차를 두고 태어난 두 청년 그레고르와 뫼르소(두 작품은 각각 1915년과 1942년에 발표되었다), 무기력한 그들을 끝내 없애버림으로써 부조리한 세상을 비틀어버린 작가들. 아, 차라리 판타지였으면.

가족을 위해 헌신했건만 하루아침에 벌레로 변해서 아버지가 던진 사과에 맞은 상처가 썩어 참혹하게 죽어가는 청년 그레고르. 극대화된 모습이긴 하지만 한 세기 전에 이미 작가는 예견하고 있었다. 탈출구가 없는 청년 세대들. 부모에게 얹혀 사는 캥거루족 역시 앞날에 대한 청사진이 불투명하기는 마찬가지. 아프니까 청춘이라고? 참새 시리즈보다도 썰렁한 허무 개그 멘트, 그거 잘못 날렸다가 돌 맞을 뻔했다.

　아버지가 던진 사과 한 알, 아들 그레고르에게는 핵 탄도미사일 이상의 무기였겠지. 아, 이렇게까지 지독한 인간 말살!

　가정부가 빗자루로 찔러보다가 벌레가 드디어 죽었다고 소리치며 주인 내외에게 보고하자, 그의 아버지가 신에게 감사하며 성호를 긋는다. 비로소 그들 집안은 평화를 찾았다. 앞날이 구만리장천 같은 청년을 제물로 바치고서야 구원을 얻었으니.

　그 뒤로 그레고르네 가족들은 여행을 떠난다. 하나 남은 딸의 장래를 위한 희망을 다시 품고서. 이제 여동생의 혼삿길을 막는 방해자는 없으니까.

　그래, 오빠는 잊자. 사람도 아니었는데, 뭘.

　훌훌 다 털어버리고 부디 즐거운 여행길 되시라!

짜장면과 우동 한 그릇

열일곱 살, 나도 이 세상에 대해 책임을 좀 지고 싶었다.
— 안도현, 『짜장면』에서

"짜장면은 짜장면이다."

아니 누가 대한민국 서민들의 대표음식 짜장면을 짜장면이 아니라고 했었나?

국어사전을 만드는 사람들이 그랬었다. 짜장면은 표준어가 아니니까 자장면으로 써야 한다고. 그런데 2011년 8월에 드디어 국립국어원에서 짜장면도 표준어로 쓰도록 인정해줬다. 이건 어쩌면 시인 안도현이 굳건하게 밀어붙인 결과인지도 모른다. 그에게는 어떤 글을 쓰더라도 짜장면을 자장면으로 표기하지 않겠다는 투철한 신념이 있었다.

안도현의 『짜장면』은 뼈대 있는 집안의 자손이 짜장면 배달부가 되는 이야기다. 아니, 어떻게 뼈대 있는 집안의 자손이 짜장면 배달을 한단 말인가?(우리는 본래 배달의 민족이니까!) 그런데 잠깐, 대한민국의 웃어른들치고 자신의 집안을 뼈대 없는 가문이라고 말씀하시는 분이 계시던가?

아버지에 대한 불만의 표시로 앞머리카락 몇 가닥을 파랗게 물들인 고등학생 소년은 중국집 만리장성의 주방 보조 겸 오토바이 배달부가 된다. 늘 뼈대 있는 가문의 자손은 무엇, 무엇을 하면 안 된다는 훈계를 받고 자란 소년이 가출을 해버렸으니 엄청난 반란의 사건이다. 우리 시대 청소년들이 한 번쯤 열망하는 오토바이 폭주족. 아시다시피 그것에 대한 우리의 사회적인 시선은 여지없이 불편하다. 하지만 여기, 한 모범 인생 아버지의 모범생 외아들조차 그 대열에 합류하는 사연은 아주 간단하고도 '귀납적'이다.

오토바이로 출퇴근을 하는 초등학교 교사인 아버지는 주인공인 '내'가 오토바이를 몰래 끌고 나가 사고를 내자 엄마(아내)에게 손찌검을 한다.

"애가 죽었으면 어떻게 되었겠어!"

하지만 애는 멀쩡히 살았고 애지중지하던 오토바이만 재생이 안 되게 망가져버리자 화풀이를 아내에게 한 것이다.

"오토바이는 어떻게 할 거야!"

방문을 걸어 잠그고 어머니를 마구 때리는 폭력 아버지에게 반발심이 생기지 않는다면, 어머니를 구해주지 못한 죄책감에 시달리지 않는다면 어찌 한창 혈기방장한 청년이라고 하겠는가. "열입곱 살, 나도 이 세상에 대해 책임을 좀 지고" 싶었지만, 그러나 우리 어른들은 열일곱 살 따위에게는 절대로 무엇을 책임지게 하지 않는 관대한 사람들이다.

'화끈하게 가출 한번 못한 것'과 '어른들의 눈을 피해 오토바이 꽁무니에 여자아이를 태우고 멋지게 달려보지 못한 것'이 자신의 청소년기를 돌아볼 때 후회되는 것이라고 고백하는 작가의 말처럼『짜장면』은 못 가본 길에 대한 환상을 구현하는 팩션이다. 청춘의 관문 입구에서 앓아눕는 성장통이 허기를 손쉽게 달랠 수 있는 음식인 짜장면과 융화하면서 비로소 치유된다. 주인공은 손끝에 남은 양파 냄새를 맡으며 성숙한 자아를 확인하다. 양파가 짜장면 속에 들어가면 "자기가 양파라는 것을 잊어버리고 그대로 짜장면 냄새가 되는" 것처럼.

일본 작가 구리 료헤이의「우동 한 그릇」도『짜장면』못지않게 독자들의 구미를 돋우는 미담이다. 섣달 그믐날 밤, 분식집 북해정에 마지막 손님으로 나타난 한 가족에게 베푸는 주인의 온정이 훈훈하다. 달랑 우동 한 그릇을 시켜서 어린 두 아들과 어머니가 나눠 먹는 장면이 서글프기보다는 아련한 그리움을 자아낸다. 교통사고로 죽으면서 많은 빚까지 남긴 남편을 대신해서 어머니는 강하게 살았고 그런 어머니 밑에서 두 아들은 성공하는 삶을 산다. 흔히 듣는 인생 역경 극복의 스토리지만 거기에는 우동 한 그릇의 힘이 공헌하는 바가 매우 크다.

퇴근 준비를 하는 식당에 들어와 셋이서 한 그릇만 시켜 먹고 나가는 손님에게 우동집 주인은 친절하게도 복 많이 받으라는 새해 덕담을 외쳐주었다. "그 목소리는 '지지 말아라! 힘내! 살아 갈 수 있어!'라고 말하는 것 같은 기분이 들었다고요." 이처럼 가난했던 어린 시절 한 해의 마지막 밤, 그때 셋이서 나눠 먹은 한 그릇의 우동이 성장의 자양분이 되는 절묘한 섭리가 아주 짧은 이야기 속에 담겨 있다.

이제 오늘날의 세대는 「우동 한 그릇」에 결코 감동 '먹지' 않는다. 따라서 가난의 가치와 청빈에서 어떤 문화가 생기기 힘들다는 견해도 있다. 한국 국적을 결코 버리지 않은 제일교포 학자 강상중은 그의 저서 『고민하는 힘』에서 "모든 가치가 변화하는데 돈만은 불변의 가치를 지닌 일종의 기호로서 계속 존재"함에 대해 꼬집고 있다. 이는 물론 일본 사회만의 이야기는 아니다. 돈 때문에 마음까지 잃지 말자는, 자본의 윤리에 대해 고민하자는 그의 뜻도 새겨볼 만하다.

짜장면은 우리 어렸을 적에 부잣집 아이든 가난한 집 아이든 간절하게 먹고 싶은 것 목록에서 늘 영순위를 차지하던 꿈의 음식이었다. 지금도 우리에게 짜장면과 우동은 아주 소박하고 친근한 음식이다. 그만하면 아직 값도 착하면서 '배달의 민족'답게 한 그릇도 마다하지 않고 신속하게 배달해준다. 이게 다 그 오토바이족 덕분이다. 이참에 그들에게 감사를!

그리고, 대한민국 국립국어원에서 전 국민이 맘 놓고 써도 된다고 인정한 짜장면! 국가도 이제 관대해지고 있는가 보다.

그 사람, 그 무늬들

별별 사랑법

사람이든 물건이든 우리에게서 떨어져 나가려는 것들은 꼭 붙
잡으라고
우리는 모두 함께 살아가기로 태어났으니 서로를 꼭 붙들라고.
— 신시아 라일런트, 『그리운 메이 아줌마』에서

"당신과 함께라면 이대로 죽을 수도 있을 것 같습니다!"

은근히 폐쇄적인 장소에서 처음 본 남자가, 혹은 여자가 이렇게 말
을 걸어온다면? 힘이 잔뜩 들어간 강렬한 눈빛이거나 힘을 완전히 뺀
무구한 눈빛을 간절하게 쏘아대면서 다시 한 번 더 속삭여 온다면?

아마 우리들의 십중팔구는 "번지수를 잘못 짚었거든요!" 하면서 그
상대를 '제비'나 '꽃뱀'족이라고 단정할 것이다. 산전수전에다 무량수
전까지 겪을 만큼 겪은 우리들이 그렇게 호락호락하게 당하겠는가.

그런데 세상에는 정말로 처음 만난 남자의 그 말 한마디에 바로 '꽂
혀서' 어엿한 가정을 버리고 떠나버린 여인이 있다. 낯선 남자 뮌켄을
운명적으로 찾아온 사랑이라 확신했기에 어린 아들까지 두고 따라나

섰던 여인 마리안네. 두 달 남짓의 외도를 끝내고 시아버지의 도움으로 집에 다시 돌아올 수 있었지만 여자는 완치가 불가능한 치명적인 병세에 시달리며 견뎌간다. 늦어도 11월에는 당신을 다시 데리러 가겠다는 남자의 언질을 연금보험증서처럼 가슴에 품고서.

독일 작가 한스 에리히 노삭의 『늦어도 11월에는』. 대충 읽자면 외간 남자와 눈이 맞아서 멀쩡한 가정을 깬 한 여자의 통속적인 사랑 이야기일 수도 있다.

아이고! 먹고살기도 바빠 죽겠는데 무슨 얼어 죽을 사랑 노름?

하지만 가난하고 몸도 약한 고물상 남자, 오브 아저씨를 보자면 사랑이 결코 배부른 자들만이 즐기는 꽃놀이가 아닌 게 분명하다. 날이 갈수록 깊어지는 메이 아줌마를 향한 그리움으로 오브 아저씨의 일상은 빈 콩깍지처럼 메말라간다. 이 아저씨의 상사병이 더욱 치명적인 것은 메이 아줌마가 이미 이 세상 사람이 아니라는 사실을 받아들이지 못하기 때문. 초등학생 여자아이 서머의 눈에 비친 어른의 이런 사랑병 증세는 난해하기도 하지만, 한편으로는 진정한 사랑의 의미를 깨닫기에는 모자람이 없다.

미국 작가 신시아 라일런트의 『그리운 메이 아줌마』는 이 세상에서 '약한 사람'들의 사랑도 충분히 고귀하고 숭고하다는 깨달음을 주는 작품이다. 오브와 메이 부부는 트레일러 집에서 사는 사람들인데 자식이 없어서 먼 친척 소녀 서머를 입양했다.

"아줌마는 오직 사랑뿐인 커다란 통 같았다. 오브 아저씨와 내가 몽상에 빠져 헤매고 다닐 때도 아줌마는 항상 이 트레일러에서 우리가 돌아와 아늑하게 쉴 수 있도록 집을 지키고 있었다."

아방궁이든 달동네 단칸방이든 세상의 모든 집들의 아랫목이 따뜻하고 편안한 까닭은 안주인이 뿜어내는 사랑의 훈기 때문이다.

메이를 잃고 방황하는 남은 가족, 서머와 오브에게 생기를 되찾아주는 인물이 나타난다. 크리스터라는 괴짜 소년. 독특한 사연이 담긴 사진 모으기가 취미인 꾀죄죄한 차림의 그 아이는 작년 11월부터 오브 아저씨의 고물상 주위를 얼쩡거렸다.

"서머, 그 무거운 돌덩이 좀 내려놔. 그렇게 무거워서 어떻게 사냐?"

쪼그만 녀석이 보통내기가 아니다. 메이 아줌마가 세상을 떠난 후에 애늙은이가 다 되어버린 서머에게 이 괴짜 소년은 비타민 같은 존재다.

"사람이든 물건이든 우리에게서 떨어져 나가려는 것들은 꼭 붙잡으라고. 우리는 모두 함께 살아가기로 태어났으니 서로를 꼭 붙들라고." 서머는 11월에 나타난 소년 크리스터를 통해서 메이 아줌마의 메시지를 듣는다. 모든 것을 다시 잃을까 봐 늘 불안해하는 소녀 서머와 매사에 긍정적인 소년 크리스터. 이 어린 두 남녀 커플은 절묘한 조화를 이루는 존재들이다.

먼저 소개한 『늦어도 11월에는』에서 남자는 결국 자기가 한 약속대로 11월에 다시 여자를 찾아온다. 고물 자동차를 끌고 나타난 그 남자는 여자의 집에서 당당하게 또 한 번 그 여자를 데리고 나간다.

아니, 이 남자, 마치 자신이 부은 적금 통장을 깨듯이 남의 가정을 두 번씩이나 깨뜨린다. 그런데 그 두 남녀가 함께 타고 가던 자동차가 여자네 동네를 미처 다 빠져나가기도 전에 전복되면서 그들은 그 고물 자동차와 함께 최후의 운명을 맞는다.

참, 작가가 무슨 저승사자도 아니고! 이렇게 쉽게 두 주인공들을 '처치'해버리다니. 어쩌면 두 남녀는 범인들로서는 도저히 이해할 수 없는 어떤 운명에 이끌려서 자폭한 게 아닐까.

11월의 마지막 날, 문득 문학작품 속에서 11월에 찾아온 두 남자, 뫼켄과 크리스터를 떠올려본다. 이처럼 대조적인 두 가지 스타일의 접근법, 이느 쪽이 더 매혹적일까?

별들의 사랑법을 말하는 작가가 있다. 그는 "모든 인간은 별이다"라는 전제하에 모든 별들도 사랑을 한다고 밝히고 있다. 그리고 "모든 형태의 빛깔, 관계들은 별들에겐 언제나 똑같은 사랑에 지나지 않는"다고 강조한다.

> 두 짝의 고무신처럼 어딜 가든 정다운 사랑도 있는 법이고, 꼬부랑 할머니의 꼬부랑 지팡이처럼 닮은 꼴 사랑도 있는 법이며 (……) 북과 북채처럼 맨 날 두들겨 맞고 두들겨 패는 딱한 사랑도 있고, 닮은 구석이라고는 눈곱만치 없어도 정물화 속 사과와 꽃병마냥 함께 나란히 서면 신통하게도 더없이 자연스레 어울릴 줄 아는 그런 그윽한 사랑도 있는 법이다.
>
> 허수아비와 참새같이 서로 만나기만 하면 쫓고 달아나야만 하는 막막한 사랑도 있고, 물 위에 뜬 기름처럼 아무리 가까이 다가가려 해도 어쩔 수 없이 떠돌아 다녀야 하는 막막한 사랑도 (……) 돌멩이와 발부리마냥 서로 껴안기만 하면 아픈 상체기를 만들어 피 흘리게 만드는 애처로운 사랑도 있고…….
>
> ― 임철우, 『그 섬에 가고 싶다』에서

그 사람, 그 무늬들

한 말씀의 고백

내가 뭔데?

— 박완서, 『한 말씀만 하소서』에서

"남의 처지나 고통을 헤아리는 마음이 마비돼 있었다."

그의 고백적인 기록을 읽으면서 가슴이 뜨끔했다. 타인에 대한 동정심이나 연민이 없는 사람을 정신분석학 쪽에서는 대단히 위험한 인간형으로 규정하고 있다. 타인의 고통을 짐작하지 못한다는 것은 타인에게 고통을 가하고도 자신의 죄의식을 느끼지 못한다는 것과 등식이 성립되기 때문이다.

"나는 비록 이 세상 소리를 듣는 데는 귀밝으나, 영적인 소리를 듣는 데는 절벽이나 다름없는 귀머거리였다."

2011년도에 타계한 박완서 작가의 책들을 읽다가 내 마음이 붙들린 문장이다. "주여, 저에게 다시 세상을 사랑할 수 있는 능력을 주셔서 감사합니다. 그러나 주여 너무 집착하게는 마옵소서." 그의 기도대로 그는 많은 것을 남긴 채로 가셨다.

인간의 허위 의식과 속물 근성을 가차없이 묘파해냈던 그의 작품들 중에서 『한 말씀만 하소서』는 그 예리한 펜촉이 작가 자신을 향하고 있다. 일기 형식으로 구성된 이 작품 속에는 자신의 '날 것'의 속내를 그대로 밝히는 작가의 절절한 육성이 들어 있다. 남편을 여읜지 삼개월 만에 하나뿐인 아들마저 저 세상으로 보내야 했던 그는 "나에게 지금 희망이 있다면 내가 죽어가고 있다는 것뿐"이라고 절망했었다. '자식 잡아먹은 어미'라는 죄책감에 몸부림치는 그의 모습은 독자들의 가슴마저 할퀸다. 하늘 아래 죄인 아닌 인간이 없다는 대의명분으로 덮어버린다 해도 그의 속죄함에는 도저히 구원이란 없어 보였다.

> 비록 뱃속에 아기가 있다 한들
> 어찌 그것이 자라기를 바랄까.

그 이름부터도 애절한 조선의 여성 시인 난설헌 허초희의 「곡자(哭子)」라는 시의 한 구절이다. '죽은 자식을 통곡함'이라고 해석되는 제목에서 알 수 있듯이 역시 자식을 잃은 어미의 애통이 극명하게 나타난 문장이다. 이미 죽은 자식인데도, 그것은 뱃속에서 자라나고 있는 다른 자식과도 바꿀 수 없는 절대적인 존재인 것을.

왜 내 자식을 그랬냐고, 한 말씀만 대답이라도 좀 해달라고 까무러치며 신을 원망했던 박완서는 "참척의 쓰라림으로 내 마음은 비뚤어질 대로 비뚤어져" 있었다고 당시의 심경을 털어놓는다. 하지만 '왜하필 내 아들을 데려갔을까?'에서 '내 아들이라고 해서 데려가지 말란 법이 어디 있나?'로 선회하는 각성의 지점에서는 고독한 노익장의 숭고함마저 읽힌다. 홀로 삭여야만 했던 고통과 처절함 속에서 건져 올린 묵상과 성찰의 울림이 수도원의 종소리처럼 독자의 심상에 파고 든다.

작가는 실지로 수도원에서 우연히 만난 어린 예비 수녀님의 말 속 에서 구원의 실마리를 찾았다. 그 수녀님의 남동생이 말썽을 많이 피 워서 집안을 시끄럽게 하는 청년이었던 모양이다. 세상에는 속 썩이 는 젊은이가 얼마든지 있다는데, 내 동생이라고 해서 그러지 말라는 법이 어디 있나, 내가 뭔데?

어린 수녀님의 이야기가 작가 박완서에게 사고의 대전환을 가져다 주었다. 이를 두고 그는 "절벽 끝에서 다른 절벽 끝을 향해 심연을 건 너뛰는" 것이라고 표현했다. 그렇다, 아픔을 승화시킬 때 절벽 끝에 서도 꽃이 핀다.

"사랑하는 사람은, 그가 우리의 가슴속에 있는 한 우리와 함께 살아 간다." 사랑하는 사람의 죽음으로 고통 받는 사람들, 그러나 모두 치 유의 깨달음에 이르게 된다. 이것은 인간 세계의 인지상정! 베레나 카 스트의 책, 『애도』에는 심리학자답게 '애도'를 돕는 무수한 사례들이 있다. "불현듯 나는 모든 사람의 삶에 현존하는 존재를 넘어서는 그 무엇이 있다는 것을 깨닫게 되었다." 창작을 하는 작가들 역시 이 명 제에 이르기 위해 자신의 인물들을 온갖 험난한 도정에 방치시킨다. 하지만 결국 슬프게 사라지는 존재들을 기리고, 그 편에 서서 선한 애 도와 추모의 드라마를 통해 '존재의 가장 깊은 곳'까지 독자들을 안내 한다.

마리암은 결코 멀리 있지 않다. 그녀는 이곳에 있다. 그들이 새로 칠한 벽, 그들이 심은 나무, 아이들을 따뜻하게 해주는 담요, 그들의 베개와 책과 연필 속에 그녀가 있다.

그녀는 아이들의 웃음 속에 있다. 그녀는 아지자가 암송한 시편, 아지자가 서쪽을 향하여 절하면서, 중얼거리는 기도 속에 있다. 하지만 마리암은 대부분 라일라의 마음속에 있다. 그녀의 마음속에서 천 개의 태양의 눈부신 광채가 빛나고 있다.

— 할레이드 호세이니,『천 개의 찬란한 태양』에서

박완서 그는 아들이 없는 세상에서도 글을 쓰고 다시 세상을 사랑할 수 있다는 사실에 감탄하며 "나의 홀로서기는 혼자가 아니었기에 가능했다"고 털어놓는다. 타인이라는 존재, 그것은 또 다른 '나'가 아니던가.

'나'라는 존재를 성립시키고 증명해주는 데는 분명히 타인의 몫도 들어 있다. 나 자신의 독창성보다는 남의 관점이나 평가를 우선시하는 사회적 통념에서 자유로울 수 없을 때 우리는 사실 서양의 개인주의의 합리성을 부러워하기도 했다. 하지만 불가근불가원(不可近不可遠)이라고 했던가. 타인과 적절한 거리를 유지하면서 좋은 관계를 맺기란 참으로 고난도의 기술인 것만 같다.

나와 친근하다는 이유만으로 지나친 사생활의 간섭을 넘어 상대의 감정까지 재단하려 했던 적도 있었다. 그런 순진, 무지했던 경험들을 떠올리면 나는 지금도 얼굴이 화끈거린다.

박완서를 읽으며, 이참에 아주 마비되었거나 너무 질척거리는 타인에 대한 내 관심의 촉수를 점검해본다.

그 사람, 그 무늬들

제2부

닳아지는 시절들

4월에 태어난 그는

삶을 설명하는 데는 때로 한 문장이면 충분하다.

— 김연수, 『청춘의 문장들』에서

봄은 모든 여신(女神)들이 일제히 출산을 하는 계절이다. 온몸의 숨구멍을 열고 대지는 그 거룩한 생산 과정을 전부 치러낸다. 산모의 진통처럼 신음과 외마디 비명이 멀리 아지랑이 속에 흩어지는 봄날. 그래서 산마루를 넘나드는 봄바람은 몹시도 경망스럽게 울부짖는 모양이다. 처절한 몸부림 뒤에 그렁그렁 맺히는 눈물 같은 꽃망울들, 아무도 외면할 수가 없다.

4월생인 김연수 작가, "선천적으로 봄꽃에 대단히 취약한 유전자를 타고났다"는 그의 풋풋한 고백에 독자들의 가슴이 녹는다. 꽃소식이 들려오면 남쪽 지방으로 떠난다는 그 작가가 한없이 부러운 나는 4월만 되면 꼭 환절기성 질환인 감기 몸살을 호되게 앓는다. 내가 꽃놀이 한 번 못 가고 '잔인한' 4월을 보내는 것도 다 그 유전자 때문인가 보다.

어쩌면 나는 어머니 뱃속에서부터 봄을 청승스럽게 배웠는지도 모른다. 어머니는 진달래를 보면 늘 눈물이 난다고 한다. 봄에 너를 배었는데 날마다 참꽃을 따 먹으며 긴긴 해를 견뎠느니라. 내 어머니가 태중(胎中)에 나를 두고 진달래 꽃잎을 그렇게도 따 먹었던 건 아무래도 마음이 더 고파서였을 것이다. 내게 봄이란 계절은 늘 결핍과 빈혈 같은 불충분한 관념으로 먼저 찾아온다. 그래도 나는 늘 봄을 기다린다.

김연수 작가는 봄을 기다리면서 시집을 특히 많이 읽는다고 한다. 시인으로 먼저 등단한 그의 이력과 무관치 않을 것이다. 그의 산문집 『청춘의 문장들』에서 음미하고 있는 당시(唐詩)의 구절들을 따라가다 보면 그의 소설 속에서 빛나고 있는 깊은 사유와 격조 있는 문장들의 근원을 짐작할 수 있다. 문장이나 문체에도 청출어람(靑出於藍)이 있는 법. 주로 헌책방에서 구했다는 고전 시가집들이 젊은 작가에게는 귀한 영양제가 되었을 것이다. '작가의 젊은 날을 사로잡은 한 문장을 찾아서'라는 부제가 붙은 책 속에서 "삶을 설명하는 데는 때로 한 문장이면 충분"하다고 단정하게 명시하고 있다. 그가 소개하는 다음과 같은 시는 정말 두말하면 잔소리다! 그는 이런 시를 소리 내서 읽다가 보면 입에서 향기가 날 것 같다고도 한다.(독자 여러분도 향기가 나는지요?)

주인이 집을 물가에 지은 뜻은
물고기도 나와서 거문고 소리를 들으라고
— 유득공, 「부용산중 옛 생각에 잠겨」에서

마침내 이 4월생 작가는 난초 그림에서 추사의 글을 발견하고는

"봄빛이 짙어지면 이슬이 무거워지는구나, 그렇구나. 이슬이 무거워 난초 이파리 지그시 고개를 수그리는구나. 누구도 그걸 막을 사람은 없구나." 그래서 어른들은 돌아가시고 아이들이 자란다고 "삶이란 그런 것이구나!" 하고 무릎을 친다. 아이고, 젊은 작가가 어찌 그리 신통한지! 70년생이면 그도 이제 충분한 중견인데, 내게 그는 영원한 젊은 작가로 머물러 있다. 작가여, 언제나 젊어 있으시라!

4월은 잔인한 달. 영국 시인 T.S. 엘리엇의 「황무지」, 첫 문장에 나오는 표현이다. 원문에서는 "가장 잔인한 달(April is the cruellest month)"이라는 최상급을 쓰고 있다. "죽은 땅에서 라일락을 키워내고 추억과 욕망을 뒤섞으며 봄비로 잠든 나무뿌리를 깨우니" 차라리 겨울이 따뜻했다고 시인은 회고한다.

엘리엇 덕분인지 우리는 '잔인하다'는 말을 너무 친밀하게 쓰고 있다. 이 땅에 최초의 공화국 이래, 4월이 올 때마다 우리는 누군가의 희생을 딛고 다시 일어설 수 있었다는 집단적인 채무감 때문에 그런 역설을 빌려서라도 스스로를 다잡아야만 했던가.

산길에서 쓰러져 누워 있는 아름드리 나무둥치를 보았다. 나무의 살은 벌써 푸슬푸슬 떨어져 나와 한 줌 흙이 되어가고 있었다. 모든 생물은 지수화풍(地水火風)에 의해 돌고 돌아 거듭되는 생을 산다고 한다.

부러져 떨어진 삭정이 가지에게도 나는 마음의 작별 인사를 했다. 내가 숨 쉬는 공기와 발 딛는 땅 흙이 모두 어떤 목숨들이 벗어놓은 허물들로 이루어졌다고 믿기에. 아니 그보다는, 먼저 떠나는 생명들에 대한 예의? 오래전, 조등이 걸린 집 앞을 지나가거나 장의차가 가고 있는 것을 보았을 때의 잠깐 묵연함 같은 것일까.

다시 태어난다는 것은 모든 존재에게 지워진 숙명이 아닌가. 꼭 환생의 종교를 믿어서가 아니다. 이 끊을 수 없는 생의 순환 고리에서 빠져나갈 방법은 어디에도 없다. 거창하게 말할 필요도 없는 '생태 순환론'이다. 옷을 빨아 입듯이, 방 청소와 설거지를 하듯이 나도 새봄을 맞고 싶다. 해마다 그렇게 징갈하게 다시 태어나고 싶다.

여신은 아니지만 나도 이 찬란한 봄날엔 몸을 풀고 싶다.

아마 나도 그 젊은 작가처럼 봄꽃에 취약한 유전자를 타고난 것 같은데, 나는 왜 해마다 봄 감기만 되알지게 앓고 있는가, 도대체 왜?

계절이 바뀌고 생명이 나고 죽는 생성의 형태, 그런 "문제를 풀기 위해서는 다시 어머니의 뱃속으로 들어가보는 수밖에"라는 박상륭 작가의 추상의 지점으로 다시 도달할 수밖에.

형태라는 것이, 어디 토기장에서 구워지는 옹기그릇들처럼 이 세상의 어디엔가 병렬해 있는데, 생명이 바람처럼 떠돌다 그 무(無)를 당해 이(利)로서 나타나는 것이 아닌가 하는 의심이 든다. 그러면 도대체 저 형태들을 구워내는 토기장은 어디에 있으며, 또 그 형태들 속에 스며들 생명은 어디로부터 흘러나오며, 어째서 모든 생명들은 독수리나 상어의 형태에 제휴하지 못하고(……) 어떻게 저 빈 그릇과 흐르는 생명은 서로 화합할 수 있는가.

— 박상륭, 『죽음의 한 연구』에서

한낱 하늬바람이었던 내가 "어떤 의지에 의해서 자기의 형태를 입혀주는 그 어미의 자궁으로 들었는가"를 살핀다는 작가의 존재론적 탐구. 그래, 나는 몸을 풀다 말고 그만 머리를 싸매고 눕는다.

미안하다, 벌레여!

어떻게 해야 나비가 되나요?

네가 한 마리의 벌레이기를 기꺼이 포기할 만큼 절실히 날기를 원해야만 한단다.

— 트리나 폴러스, 『꽃들에게 희망을』에서

신록이 짙다. 산에 갔더니 송충이를 비롯하여 애벌레들이 많이 눈에 띄었다. 꿈틀거리는 벌레를 귀엽다고 쓰다듬어주는 이는 아무도 없었다. 나도 혹시 그들이 내게 달라붙을까 봐 몸을 사리며 산길을 걸었다. 그들이 갑자기 산적으로 변하여 공격할 일은 결코 없는데도 사람들은 모두 슬금슬금 피했다(물론 그들의 생명을 지켜주기 위해서 먼저 조심스레 피하신 분들도 계실 줄로 안다).

아무런 안전장치도 갖추지 못한 채 자신을 드러내놓는, 그렇게 미미한 존재에게 적의를 품는다는 건, 이건 정말 오버 아닌가. 아, 미안하다, 벌레여!

미국 작가 트리나 폴러스가 쓴 『꽃들에게 희망을』이라는 책이 있다. 애벌레를 그저 징그러운 존재로만 여기는 나 같은 사람의 무지함을 일깨워준다. 벌레들이야말로 맥없이 질색하는 인간들을 볼 때면 얼마나 혐오스러울까.

"어떻게 해야 나비가 되나요?"

"네가 한 마리의 벌레이기를 기꺼이 포기할 만큼 절실히 날기를 원해야만 한단다."

애벌레에게 우화(羽化)는 삶의 완성이라고 할 수 있다. 그들이 추구하는 삶의 상승 의지는 절대적으로 인간에게도 밀접하게 작용된다.

나비 없는 세상은 불 꺼진 항구? 그들이 없다면 모든 꽃들도 사라지고 말겠지. 벌레와 곤충들, 우리는 그들과 늘 상호 공존한다는 사실을 인정하지 않을 수 없다. 그렇거니, 고통 없는 삶이 어디 있으랴.

> 애벌레는 여름과 긴 시간 동안 음습한 나뭇잎 그늘에 숨어 살며 몇 차례 허물을 벗는다. 제 가죽을 벗겨내는 일인데 나비애벌레라도 왜 고통스럽지 않겠니. 죽음 같은 거야, 탈피한다는 거.
> 긴꼬리나비의 애벌레에서 가장 웃기는 건 몸체에 비해 흉포하게 생겨먹은 눈과 흰 눈썹이야. 어릿광대의 치장처럼 과장되고 허구적인 느낌을 주는. 괴상망측하지, 한데, 그 모습은 진실이 아니야. (……) 죽음 같은 탈피를 거듭하며 음습한 어둠의 삶을 살다가 가을이 깊어지면 때를 알고 번데기가 돼.
> ― 박범신, 『흰소가 끄는 수레』에서

인간은 다만 "자연의 막내에 불과하다"고 주장하는 이가 있다. 글쎄, 날파리와 풀모기, 굼벵이도 인간의 선배님이시란다. 그는 자신의 말을 불쾌한 망언으로 받아들이는 사람에게 일갈한다. 그대는 소인배라고. 그 '대인배'는 작가 이외수다. 아시는 독자는 다 아시겠지만 그는 정말 파리와 모기가 봐도 같이 놀자고 따를 만큼 대단히 자연스런 풍모를 지니고 있다. 그는 자신의 대선배님이신 누에한테서 희망을 배우고, 진화와 부활까지 배운다고 진짜 뻥을 친다.

"누에의 희망은 비단이 아니다." 그들이 캄캄한 고치 속에서 석 잠, 넉 잠을 자며 절대 고독을 견던 후 비로소 날개를 달고 나방이 된다는 사실을 상기시키며, 날개가 있는 곤충과 날개가 없는 곤충의 차이점을 설파한다.

날개 있는 곤충들은 하늘을 날며 먹이를 따로 축적하지 않지만 날개 없는 곤충들은 바닥을 기며 비루하게 먹이를 구한다는 것이다. 따라서 날개가 없는 곤충들은 그냥 벌레라고만 싸잡혀 불린다는 것이니, 그 말의 요지는 바로 이렇다. "인간도 날개 있는 인간과 날개가 없는 인간이 있다." 『청춘불패』에서 외치고 있다. "그대여, 날개를 꿈꾸자."

그 밖에도 인간 스스로의 가치 하락의 사례가 될 만한 대목을 찾아보자면 '인간 싸가지' 이야기도 나온다. 그는 그들을 가리켜 "짐승이거나 벌레이기를 선택한 놈"이라고 극단적으로 몰아붙이고 있다. 누구?

"오로지 물질적 척도에 기준해서 인간을 파리보다 못한 존재로" 생각하는 "스스로 인간이기를 포기해버린" 모든 분들이 해당된다. 그렇다면 물질 추구가 삶의 일차적인 목표인 현대인들 모두가 해당된다는 얘긴데, 아, 그렇구나, 인간.

우리는 왜 하늘을 날지 못하느냐고 묻는 병아리에게 "우리의 먹이는 땅에 있기 때문에 하늘을 날 필요가 없단다"라고 대답하는 어미닭

이 있다. '이외수의 생존법'이라는 제목도 좀 독특한 책, 『하악하악』에 나오는 내용이다. 그의 견해에 따르자면 닭도 '막내 인간'의 선배쯤은 되지 않을까. 모든 동물들은 먹이가 생기면 높은 놈이 먼저 차지하는데 닭의 높은 놈은 낮은 놈이 먹이를 잘 먹게 살핀 다음 자기가 제일 나중에 먹는다고 한다. 하, 정말?

야생 방사가 아니고 닭 공장 케이지에 일렬종대로 갇혀서 공평하게 사료를 받아먹는 대량생산의 시스템에서 닭들 본연의 그런 숭고한 생존법을 확인할 수가 없으니. 어쨌든 '닭대가리'라는 욕, 함부로 할 게 아니다.

여기 웃기는 목록도 다 있다.

"두 발을 교차해서 걸어 다니는 참새, 팔을 벌리고 있는 허수아비의 관절, 임기 동안 공약을 백프로 실천하는 정치가." 이들은 세상 어딘가에 있을 법도 한데 참으로 없는 것들이다. 이건 물론 이외수가 '발견'한 것들이다.

아, 선거가 끝나니까 세상이 다 조용한 것 같다. 이제 벌레들도 다 나비가 되었을 터이니 맘 푹 놓고 산에 가도 되겠다.

5월의 달력 속에는

어머니는 나를 농담으로 키웠다.

— 김애란, 「달려라, 아비」에서

비록 우리가 낳지는 않았지만 어딘가에 있을 그 애를 꼭 찾아
야 해요!

— 카타지나 코토프스카, 『고슴도치 아이』에서

계절의 여왕이라는 찬란한 수식어가 붙지만 무엇보다도 5월은 가
정의 달이다. 어린이날과 어버이날은 알고도 남겠는데, 5월 달력을
자세히 들여다보니 조금 낯설다 싶은 날도 들어 있다. 입양의 날(11
일)이 있고 부부의 날(21일)이 있으며 그리고 세계 실종아동의 날(25
일)이 있으니 가히 5월은 '가족의 달'이다.

근로자의 날(1일), 스승의 날(15일), 성년의 날(5월 셋째 월요일),
5·18민주화운동기념일(18일) 등 무수한 기념일들이 있지만 딱히 학
교나 직장이 쉬는 공휴일로 지정되지 않는 한 대다수의 보통인들에게
는 그저 그런 날이다. 발명의 날(19일), 세계인의 날(20일), 세계 실종

아동의 날과 겹치는 방재의 날(25일), 바다의 날(31일) 등의 국가 기념일들은 달력에 표기조차 제대로 돼 있지 않다. 사실 친절한 달력 공장 사장님께서 이런 날들까지 빽빽이 박아놓은들 우리는 놀러 가기 좋은 '빨간 날' 외에는 아예 관심도 없다.

무르익어가는 가정의 달 5월에 이처럼 분명히 존재하고 있지만 세인들의 관심권 안에 들어 있지 않는, 있는 듯 없는 듯 세상의 어느 한 귀퉁이에서 조용히 살아가고 있는 어떤 모녀 가족을 독자 여러분께 소개하고자 한다.

그 가정의 어머니는 어느 해 여름날 반지하방에서 혼자 딸아이를 낳았다. 죽고 싶은 생각이 들 때마다 가위로 방바닥을 내리찍으면서. 결국 혼자서 아이의 탯줄을 자른 어머니는 계속 혼자서 딸아이를 키웠다. 택시기사라는 당당한 직업을 가지고 있는 그 어머니는 아버지 없이 자라는 딸아이에게 절대로 자기 연민 같은 결여 의식을 심어주지 않았다. 그래서 딸은 "어머니는 나를 농담으로 키웠다"고 말할 정도로 씩씩한 여학생이 되었다. 이 꿋꿋한 모녀는 소설 속에서 살고 있는 사람들이다.

김애란의 소설 「달려라, 아비」는 새로운 가족 형태의 모델을 제시하고 있다는 평가를 받을 만큼, 그동안 우리 사회에서 만연되고 고정된 한부모 가정에 대한 편견을 무너뜨려주는 일면을 지니고 있는 작품이다.

그렇다면 아이의 아버지는? 그 남자는 한 여자의 남편과 한 아이의 아빠가 될 준비가 전혀 되어 있지 않았기 때문에 여자가 임신을 했다는 사실을 알고 줄행랑을 쳐버렸다. 그 어머니 역시 준비하고 임신을 한 건 아니었지만, 그 모든 상황을 받아들이고 어머니라는 본연의 자세를 저버리지 않은 여성이다. 어머니와 나는 "입석표처럼 당당한 관계"라고 밝히고 있는 소설 속 딸아이의 캐릭터를 보더라도 그 어머니는 자기 처지에 대한 원망과 피해의식에 절어 있지 않으며 책임질 줄 아는 삶을 살아가는 '주도적인' 여성 인물인 것을 알 수 있다.

세상에 부모가 될 준비를 충분히 한 다음에 아이를 가지는 부모가 얼마나 될까?

계획성 있는 부모가 된다는 것은 천륜이나 핏줄 같은 불문곡절의 영역조차도 훌쩍 뛰어넘는 초월자가 되는 것이 아닐까. 어쨌든 그래도 나름 '준비된 부모'가 있다. 다만 그런 그들에게 아이가 쉽게 오지 않는다는 게 또한 세상의 묘한 일.

"비록 우리가 낳지는 않았지만 어딘가에 있을 그 애를 꼭 찾아야 해요!" 그들은 포기하지 않고 아이를 찾으러 간다. '입양'이라는 단어가 단 한 번도 나오지 않는 이 이야기는 폴란드의 작가 카타지나 코토프스카가 자신의 체험을 바탕으로 하여 쓴 책 『고슴도치 아이』 속에 들어 있다. 가시 돋친 아이 피오트르에게서 가시를 빼내준 건 부모의 절대적인 사랑이었다.

"엄마가 나를 낳았다면 얼마나 좋았을까요?"라고 스스로 깨닫는 아들에게 엄마는 '너를 가슴으로 낳았다'는 관념적인 대답이 아니라 "정말 고맙게도 엄마 대신 다른 엄마가 너를 낳아주셨단다. 덕분에 네가 이 세상에 나올 수 있었고, 우리가 이렇게 함께할 수 있는 거야"라고 콕 찍은 듯 말해준다.

그 사람, 그 무늬들

5월 달력에서 '입양의 날'은 유난히 각별하게 읽힌다. 어린이날과 어버이날 사이에는 사흘의 간격이 있는데 역시 사흘의 말미를 두고 입양의 날이 제정되었으니 이는 결코 우연만은 아닌 듯도 하다. '핏줄'에 집착하는 경향이 심한 우리가 '내 아이', '내 부모'에 대한 분별 사상을 지워버리기는 결코 쉽지 않을 터. 그러나 지금은 이미 새로운 가족의 출현이 불가피하게도 다양화된 삶의 형태를 이루고 있는 세상이다.

그럼에도 여전히 지구의 한 귀퉁이에서는 아이가 생겼다는 말에 놀라서 도망치는 남자가 있는가 하면, 그런 남자의 아이를 혼자 낳아서 키우는 여자도 있다. 「달려라, 아비」의 그 어머니가 만일 딸아이를 낳기는 낳았으되 키우지 못하고 보호 시설에 맡겼다면 『고슴도치 아이』처럼 다른 어머니가 찾아와주었을까?

그건 아무도 모르는 일, 어쩌면 5월의 달력 속에는 그 해답이 들어 있을까.

토마토의 꿈

늙은 토마토는 자라는 것을 멈추고
좀처럼 늙지 않았다.
나 이제 늙어서 더 늙을 게 없으니
어쩌면 좋으냐.

— 이승희, 「화분」에서

어렸을 적에 네 꿈이 무엇이냐는 질문을 종종 받고는 했다. 이때는 의당 곧 어떤 일을 할 것인지 구체적인 직업을 대답해야 했다. 가령 교사나 간호사, 사업가, 정치가 같은 공적인 차원의 활동 영역에 종사하는 버젓한 업무직을 대어야만 했다. 나는 글을 쓰는 사람이 되고 싶다거나, 세계를 누비고 다니는 여행가가 되겠다는 꿈은 그야말로 꿈같은 소리였으니까.

그런데 지금은 아무도 내게 네 꿈이 무엇이냐고 묻지 않는다. 나는 계속 꿈을 꾸는데도 말이다. 사람들은 대체로 일정한 나이가 되면 꿈 같은 것, 되고 싶은 사람 같은 것은 아예 없는 줄로 안다.

그 사람, 그 무늬들

학생들에게 좀 특이한 과제를 내준 적이 있었다. 어머니의 꿈을 조사해 오라고.

"어렸을 때 엄마의 꿈요?" 학생들은 황당하다는 눈빛을 서로 교환했다.

"아니요. 지금, 현재, 엄마의 꿈."

학생들은 다시 어이없다는 표정으로 '도대체 우리 엄마에게 무슨 꿈이 있단 말이에요?'라는 일치된 반응을 보였다.

"엄마라는 사람들은 그럼 꿈도 없는 사람들이에요?" 내가 오히려 어이없다는 반응을 보이자 학생들은 그때서야 "아, 어?!" 하며 눈빛을 반짝였다.

"여러분들의 어머니는 단지 엄마가 꿈이었겠어요? 엄마, 아빠가 되는 거, 그럼, 여러분들도 그래요?" 내가 좀 강하게 몰아붙이자 학생들이 눈을 아래로 내리까는 심상한 분위기가 되었다.

"어머니들은 여러분들 때문에 자신들의 꿈을 한동안 유보시키고 있는 것뿐이에요."

오우! 그날 우리 명민한 학생들 얼굴엔 감동 먹은 표정이 역력했다.

나는 좀 동화적인 꿈을 가지고 있다. 앞으로 내가 되고 싶은 사람은 손바닥에 쌀겨나 좁쌀 등 새 모이를 올려놓으면 새들이 와서 먹어주는, 즉 '새와 대화하는 사람'이라고 덧붙였더니 학생들은 "에잉, 뭐야?" 수런대는 분위기로 다시 원상 회복되었다.

벌써 7월이다. 한 해의 딱 절반인 지점에 와 있다. 인생으로 치자면 완연한 중년의 문턱이다. 이는 개인에 따라서는 반환점을 찍고 다시

도약할 수 있는 절호의 기회이다. 미래에 대한 꿈이 너무 멀면 현실감이 떨어지는 면도 있지만, 그렇다고 단기적인 꿈만 꾸다가는 우리의 삶을 총체적으로 기획하는 데는 차질이 있을 수도 있다, 하여튼.

과일도 아닌 것이 왜 이리 단내를 풍기는고? 붉은 토마토가 한 바구니 가득 가득 놓인 가판대 앞을 지나가다가 퍼뜩 내 친구 이름과 똑같은 '원숙'함에 대해서 떠올렸다. 『쥬시 토마토』라는 책도 함께. '딸이 먼저 읽고 엄마에게 선물하는 책'이라는 부제가 위에 붙어 있는 책. 무슨 과일 주스 레시피가 들어 있는 요리책 종류는 아니다. '나이 먹는 즐거움을 아는 여자'라는 부제가 다시 아래에 붙어 있는 이 책. 분명히 자기 계발이나 웰빙의 바람을 타고 한국에 상륙했을 것이다.

서구 여성 100여 명을 대상으로 한 개척, 억척 중 · 노년 입문기 체험서이다. 저자인 수전 스워츠가 만들어낸 '쥬시 토마토'라는 용어는 "한창 무르익어 향긋한 내음을 풍기며 아직도 줄기에 달려 있는 토마토 같은 사람"을 뜻한다. 그러니까 다시 밝히자면 내 친구 '원숙'이 같은 여자를 말하는 것이다. 저자는 이 '쥬시 토마토'들이 지금 세상의 주류가 되어서 새로운 문화를 형성해 간다고 믿는다. 우리 한국 사회에서 나이 먹었다는 이유로 멸시와 홀대를 뼈저리게 겪은 세대들에게는 참으로 고무적인 책이라 할 수 있겠다.

"자신의 완숙함을 자랑스럽게 드러낸다." "어린 '그린 토마토'들이 그녀처럼 나이 들고 싶어 한다." 이 평범한 진리의 요강은 '쥬시 토마토'들이 갖춰야 할 기본적인 자격 요건인즉, 그쪽의 낀 세대 '젊은 언니'들의 이야기에 귀를 기울여보면 누구에게나 균등한 삶의 경건함을 덤으로 얻을 수도 있겠다. 일례로, 50세가 넘어서도 멋져 보이는 열

가지 비결 중에는 "아내나 어머니, 혹은 할머니임을 확연히 드러내는 옷은 입지 말자." "그러나 신발이 아무리 예뻐도 불편하다면 사지 말자. 젊은 여성이 하이힐 신고 걸어가면 매력적으로 보이지만 나이든 여성이 그러면 사람들이 불안해한다." 이처럼 빤하고 웃기는 주장도 있어서 더욱 귀여운 책이다.

토마토는 결코 달콤한 과일이 아니라는 사실. 그렇다고 완전한 채소의 반열에 오를 수도 없는 이 존재의 어중간함을 어쩌란 말인가? 그러니까 이를테면 "헤어스타일 얘기는 이제 그만하고 좀 더 재미있는 화제가 없을까?" 하고 분위기 쇄신을 하는 것. 이것도 진짜 쥬시 토마토가 되려는 정신적 태도라는 말씀.

토마토 같은 당신! 누군가에게 이런 말을 들었다면, 욕일까요, 칭찬일까요? 해답은, 토마토는 겉과 속이 같다는 사실에서 찾으시기 바랍니다.

> 거짓말처럼 제목이 바뀌어버린 생에 대하여 알고 있다는 듯 고개를 돌린 채 늙는 일에 열중이신 늙은 토마토는 오늘도 두꺼운 책 한 권을 꺼내 읽는다. 늙는 일도 아직은 살아서 할 수 있는 일 (……) 세상이 붉게 충혈된 눈 속이었을 때 나 더 붉게 붉게 밀어올린 빨강의 이름을 조금씩 잊는 일, 그러나 지금은 늙어가는 일에 온 마음을 다해야 할 때, 세상 밖으로 자꾸만 몸이 기울어도 당신의 이름을 웅크려 쥐고 이건 다 내가 스스로 원했던 거라고 말할 수 있기를……
>
> — 이승희, 「늙은 토마토는 고요하기도 하지」에서

애송시 노트를 읽다

> 존재하지 않는 것은 생겨날 수 없고
> 한 번 존재하는 것은 영원히 없어지지 않는다.
>
> ——『바가바드 기타』에서

　달이 밝아 잠이 없는 가을밤에는 낙엽 하나를 주워 들고 와서 코냑 한 잔과 함께 시를 음미하신다는 옛 스승이 생각난다.

　가로등불 희미한 도시의 늦은 밤에 허둥허둥 그림자 밟고 들어온 나는 커피 한 잔과 함께 옛적의 애송시 노트를 꺼내서 들춰보았다.

　헤르만 헤세의 「낙엽」, "변화하고 없어지는 것 외에는, 영원한 것은 이 세상에 아무것도 없다." 이런 허무의 구절은 소녀 적 감성으로 그저 좋았을 것이다. 그야말로 이런 '애송이 시' 노트에다 나는 지금 다시 무얼 적어야 한다면 "존재하지 않는 것은 생겨날 수 없고 한 번 존재하는 것은 영원히 없어지지 않는다"는 인도의 경전 시집인 『바가바드 기타』의 한 구절을 가필할 것이다.

그 사람, 그 무늬들

서양의 한 시인은 모든 것은 변하며 없어진다 하고, 동양의 오랜 힌두 사상에서는 한번 생겨난 것은 없어지지 않는다고 한다. 그렇다면 '영원한 것은 없다'와 '영원한 것은 있다'의 차이는? 쓸데없는 분별력을 작동시키려던 나는 이내 큰 깨달음이라도 얻은 듯 회심의 미소를 지었다. 그게 바로 궁극적인 진리라는 것일 테지.

애송시 노트에는 노천명의 「이름 없는 여인이 되어」도 들어 있다. 무명의 산골 여인이라도 안분지족(安分知足)의 복락을 누린다는 목가적 서정시의 백미 중의 백미였던.

어느 조그만 산골로 들어가/나는 이름없는 여인이 되고 싶소/초가 지붕에 박넝쿨 올리고/삼밭엔 오이랑 호박을 놓고/들장미로 울타리를 엮어/마당엔 하늘을 욕심껏 들여놓고/밤이면 실컷 별을 안고……

이처럼 소박하게 살아갈 수 있다면 "나는 여왕보다도 더 행복하겠다"는 마지막 절창 부분에서는 반세기 전 이 땅의 여성 독자들을 뻑가게 했던 엑스터시 효과가 극대화된다.

기차가 지나가버리는 마을/놋양푼의 수수엿을 녹여 먹으며/내 좋은 사람과 밤이 늦도록/여우 나는 산골 얘기를 하면/삽살개는 달을 짖고……

농경민의 수수한 후예답게 소녀 적의 우리들은 이런 다소곳한 시를 외우며 판타지를 키웠다. 그러나 지금 산업사회의 급진적인 후예들은 "한 남자를 위해 밥을 짓고 청소를 하고 아이를 낳고 기르면서 늙어 갈 수는 없다"고 솔직하게 선언한다. 2000년대 초반에 발표된 김경욱의 소설「누가 커트 코베인을 죽였는가」에 나오는 여성 인물 장미의 이야기다. 소설이 시대를 닮아가는 건지, 시대가 소설을 닮아가는 건지.

요즘 여성들은 밥상을 차리는 일에 그리 큰 삶의 의미를 두지 않는다. 결혼은 어렵게 성취한 사회경제적 지위에 위협적인 요소가 된다는 의식이 지배적이다. 여성들뿐만 아니라 남성들도 결혼에 대해서 회의적이다. 일반적으로 한국 사회에서 결혼을 하지 않은 남녀는 아이를 갖지도 않는다. 그러니 미혼 여성인 경우에 한 남자를 위해 밥을 짓지 않아도 될 뿐만 아니라 아이를 낳아서 양육해야 하는 부모의 의무 조항에도 결코 위배되지 않는다.

아침밥을 요구했다가는 간이 필요 이상으로 큰, 즉 간덩이가 부은 남자로 낙인찍힌다는 '간 큰 남자 시리즈'가 이미 한참 전에 회자되었다. 기혼 여성들조차도 한 남자를 위해서 아침밥을 잘 짓지 않는 건 어제오늘의 일이 아니다. 따라서 아이를 낳지도 않으며 늙지도 않겠다는 '장미 같은' 그런 여성들을 향하여 무차별적으로 욕망의 이기심 운운하며 매도할 수만도 없다. 하기야 제 한 몸 건사하기도 역부족인 삼포세대들, 애를 낳는 것이야말로 죄를 짓는 일이라고 하니.

그렇다면 아이는 이제 더없이 신비 속의 존재일 뿐인가.

그 사람, 그 무늬들

타고르는 그의 시집 『기탄잘리』에서 이렇게 묻고 있다.

"어린 아기가 잠잘 때 입술에 떠도는 미소, 그것이 어디서 생겼는지 누가 아는 사람 있습니까?"

> 예, 이런 소문이 있답니다.
> 초생달의 어린 창백한 빛이 사라져가는 가을 구름의 언저리에 닿았더니
> 거기서 미소가 이슬에 씻긴 아침의 꿈속에 처음으로 생겼다고요
> 그리고 아기의 그것은
> 어머니가 젊은 처녀였을 때 부드럽고 말없는 사랑의 신비로서 그녀의 가슴속에 가득 차 있었답니다.

과연, 이 무슨 뜬구름 잡는 얘기? 아니, 소문은 소문일 뿐!

그 시절의 애송시 노트에서 빠질 수 없는 우리의 시인 만해 한용운도 그의 시 「알 수 없어요」에서 "바람도 없는 공중에 수직의 파문을 내며 고요히 떨어지는 오동잎은 누구의 발자취입니까?"라고 물으며 스스로 답하고 있다.

> 근원은 알지도 못하는 곳에서 나서 돌부리를 울리고(……)
> 타고 남은 재가 다시 기름이 됩니다.

올가을에는 이런 대시인들의 자문자답을 들으며 '이름도 없고, 알 수도 없는' 은유의 비의(悲意)를 곰곰이 삭혀본다.

11월, 다시 시작해도 되는 달

문명이란 무엇인가?

문명의 특징은 품위 있는 종교와 철학, 독창적인 예술, 감동적인 음악, 풍부한 설화와 전설이 아닌가?

— 류시화, 『나는 왜 너가 아니고 나인가』에서

11월은 "나뭇잎이 떨어지고 고니 소리 높이 나는 달"이라고 조선시대의 가사인 「농가월령가」에서 읊고 있다. 인디언들도 11월을 "물이 나뭇잎으로 검어지는 달, 기러기 날아가는 달"이라고 표현했으니 초겨울 절기의 정서는 그들도 우리랑 비슷했던 것 같다.

우리가 "방고래 청소하고 바람벽 매흙 바르기, 창호도 발라놓고 쥐구멍도 막으리라, 수숫대로 울타리 치고 외양간에 거적 치고" 월동 준비에 바쁠 때, 인디언들도 "만물을 거둬들이는 달, 물물교환하는 달, 강물이 어는 달"이라고 수확과 겨울의 채비를 했으니.

『나는 왜 너가 아니고 나인가』, 웬만한 단행본 세 권쯤을 합쳐놓은 분량인 이 책의 뒷장에는 '열두 번의 행복한 달'이라는 「인디언 달력」

이 수록되어 있다. 숫자의 순서가 아니라 자연 만물의 흐름과 변화에 따라 시간의 이름들을 헤아려놓은 그것은 한 편의 짧은 시(詩) 같기도 하고, 철학적인 경구 같기도 하다. 마치 우리의 「농가월령가」처럼 계절에 들어맞는 삶의 지침들이 들어 있다.

11월을 또 "모두 다 사라지는 것은 아닌 달"이라고 부르고 있는 인디언들의 진한 이야기는 그 본문 속으로 들어가보면 전혀 거칠지 않은 생생한 육성이 들려온다.

"자기가 누구인가를 알기 위해 자연에 자신의 모습을 자주 비춰보고는" 한다는 그들은 "부족하다는 것은 환상일 뿐" 우리가 나눠 먹기만 한다면 "세상에는 모든 인간이 먹을 충분한 양식이 있다"고 일러준다. 그들의 이 느긋한 통찰이 앙앙불락(怏怏不樂)으로 온 생애를 허비하는 문명인들에게는 그저 마이동풍(馬耳東風)쯤이겠지만, 그들은 자신들을 야만인이라고 부르는 문명인들에게 묻고 있다. "문명이란 무엇인가? 문명의 특징은 품위 있는 종교와 철학, 독창적인 예술, 감동적인 음악, 풍부한 설화와 전설이 아닌가?"

지금은 거의 사라지고 없는 인디언의 세상. 그러나 다음과 같이 밑줄 친 문장 속에서 살아 있는 그들을 확인해본다.

　　　인디언들은 종이에 기록할 필요가 없다. 진실이 담긴 말은 그의 가슴에 깊이 스며들어 영원히 기억된다. 인디언은 결코 그것을 잊어버리는 일이 없다.
　　　　　　　— 시애틀 추장의 연설문, 「우리들은 모두 형제들이다」에서

인디언에 관해서라면 도저히 외면할 수 없는 또 하나의 책, 『나를 운디드니에 묻어주오』. 시집 같은 제목을 달고 있어서 한 개인의 서정적인 이야기 같은 인상을 주고 있으나 이것은 아주 잔혹한 인디언 멸망사이다. "오래 살아남는 것은 없다. 이 땅과 산뿐"이라고 죽음의 노래를 부르면서 총탄에 쓰러져간 아메리카 원주민들의 최후. 이 손발이 오그라드는 흥건한 핏빛 서부 개척사를 다시 읽는 것은 몹시도 고통스럽지만, 자연에 순응함으로써 정제되어 나오는 그들 야성의 울림을 11월에 다시 듣는 것은 이 '모두가 다 사라진 것'이 아니기 때문일 것이다.

　다시 우리의 「농가월령가」로 넘어가보면 11월은 이렇다. "술 빚고 떡 하여라, 강신날 가까웠다, 꿀 꺾어 단자하고 메밀 찧어 국수하소, 소 잡고 돼지 잡으니 음식이 널렸구나……."
　우리의 조상들께서는 11월에 해당되는 음력 10월을 상(上)달이라 하여 일 년 중 가장 신성하고 높은 '으뜸 달'로 여기며 하늘에 제사 지내고 잔치를 벌였다. 그러나 오늘날의 우리 후손들은 주말마다 촛불을 들고 세종대왕의 이름을 딴 도로에 운집하며 상달을 맞고 있다.
　"11월, 들어오지 마세요, 카키색 스웨터가 너무 낡았다고 비상벨을 성급히 눌러대는 당신을 제가 어떻게 알겠어요. 아직은 들어오지 마세요." 20여 년 전의 필자의 일기장에 들어 있던 한 구절이다. 그때, 내게 11월이란 달은 아마도 인생의 황혼기쯤으로 결코 맞이하고 싶지 않은 먼 시간이었나 보다. 하지만 그렇게도 피하고 싶었던, 사채업자처럼 지독했던 11월이 지금은 은근 좋아하는 계절로 바뀌었으니 삶이란 게 어느새 전자레인지에서 뚝딱, 익혀진 것만 같다.

　갓 지어낸 윤기가 자르르한 밥보다는 떡처럼 굳어버린 찬밥을 먹으면서 진정 밥의 참맛을 배웠듯이 열정이 식은 것들에도 분명 그 진면목이 있다는 걸 알아차렸으니. 아침저녁 선득한 한기를 느끼면서 난방을 준비하는 11월의, 이 안온함의 갈구야말로 가장 빛나는 중후한 시절이 아닐까.

　모두가 다 사라진 것은 아닌, 아무것도 끝나지 않는 달. 그렇다면 다시 시작해도 되는 11월.

더 좋은 이별의 달, 12월

천복(天福)은 이번 생에서 타고나오는 소명,
그것을 완수할 역량과 자질, 운명에 내재된 비밀,
생에서 진정으로 원하는 것.

― 김형경, 『천 개의 공감』에서

12월이 끝나기 전에 만나봐야 할 사람들과 마무리해야 할 일들이 밀린 숙제처럼 마음을 켕기게 한다. 안부를 묻고자 연락을 하면 우울증을 호소하는 사람들이 많다. 그들은 하나같이 "바쁘다" 하면서, 왜 그렇게 우울하기도 할까? 혹시 세밑에 쫓기는 불안 심리를 우울증으로 오해하는 게 아닐까.

정신과 의사가 밝히는 불안 심리에 대해 잠깐 소개해본다. "불안의 의학적 정의는 불유쾌한 기분과 함께 신체적 생리 증상이 동반되는 상태이다. 불안감이 해결되지 못하고 장기간 지속되면 몸의 질병으로 이어지기 쉽다."(채정호, 『이별한다는 것에 대하여』에서)

그렇구나, 우울하다는 것 역시 마음이 아프다는 증세이자 신체적

질병의 전조 현상일 수도 있겠구나. 긁어 부스럼이라고, 우울 모드의 연말 안부 끝에 괜스레 마음만 더 호들갑스럽다. 모르는 게 약이다!

내가 어렸을 때를 돌이켜보면 어른들은 "우울하다"는 말을 하지 않았다. 그때의 살림살이를 지금과 비교해보면 결코 만족스럽거나 풍족했었다고 회상되지 않는다. 그렇다면 우울증도 당뇨나 암 등과 같이 현대적인 병이 아닐까.

우울증은 변종의 새로운 인플루엔자에 의한 것이 아닌, 태초의 인류 때부터 분명히 있어왔던 심리적인 병리 현상이지만 지금에 와서 두드러지게 된 데는 의학이나 정신분석학의 진보 못지않게 향상된 삶의 질과도 무관하지 않을 것이다. 오히려 흔전만전한 생산과 소비의 시대에 상대적 박탈감 때문에 느끼는 상실의 '체감지수'는 툰드라 지대의 고통스런 혹한만큼이나 증폭되기도 한다.

김형경의 『좋은 이별』은 상실감을 달래주는 책이었다. 사람과의 관계도 소비재 물건처럼 유통기한의 단위가 점점 줄어들고 있는 오늘날, 우리들은 이런저런 결별이나 이별을 일상적으로 치르면서도 그 후유증에는 아직도 '쿨하게' 대처할 줄을 몰라 절절매기도 한다. '애도 심리 에세이'라는 부제가 달린 이 책은 '이별 잘 하는 비법'들을 사례와 유형별로 꼼꼼하게 제시해주고 있다. 특히, 대량 소비를 삶의 미덕으로 여기고 있는 우리들의 정신 구조를 작가는 예리하게 진단해낸다. 사물들을 필요재가 아니라 "자신의 일부처럼 인식하면서 정체성의 한 요소로 느끼며" "사랑과 숭배의 대상"으로 삼는다는 것이다.

특정한 물건에 애착을 느끼는 현대인의 페티시즘 증세가 원시 종교의 형태였던 영험한 물건에 대한 물신 숭배에서 비롯되었다고는 하지만, 이 시대의 상품이야말로 사회적인 인격이요, 지위가 된다는 사실을 어린아이들도 일찌감치 학습하기 시작한다.

유치원생들조차도 크리스마스 선물을 산타 할아버지가 직접 가져다주지 않는다는 것쯤은 뻔히 알고 있는데, 차라리 그런 동화라도 믿고 싶은 우리 어른들의 욕망 추구가 판타지로 역행하고 있는지도 모른다. 스스로 산타클로스가 되어 빵빵한 쇼핑백을 들고 다니는 우리들은 날마다 크리스마스를 살고 있다. 그런데 우리 혹시, 이처럼 매일 반복되는 크리스마스 때문에 더 우울한 것은 아닌지? 보다 강력하고 화끈한 이벤트가 매일 벌어지지 않는 한, 우리의 우울한 심사는 결코 해소되지 않을 것이다. 이제 이런 대책 없는 대체 사랑들을 잘 떠나보내는 '좋은 이별'을 하자.

그게 그렇게 단칼에 끝내기가 어렵거들랑 보다 생산적이고 실용적인 대체 대상, 즉 몸의 활동 범위를 넓혀나가는 건강한 방법을 먼저 찾으라고 조언도 하지만, 그보다는 추상적이긴 해도 '천복을 기억하는 일'을 짐짓 권유하는 작가의 진정함에 귀를 기울여보자. 천복이란 인간의 사주팔자에서 아주 드물게 타고나오는 복덩어리인 줄로만 알았는데 그것은 "우리가 억압하고 외면해온 감성, 직관, 자연, 신비주의의 영역에 속하는 덕목"이며 "이번 생에서 타고나오는 소명, 그것을 완수할 역량과 자질, 운명에 내재된 비밀, 생에서 진정으로 원하는 것"이라는 해석은 얼마나 고무적인가. 이 역시 '심리 치유 에세이'라는 부제가 붙은 『천 개의 공감』에서 들려주고 있는 전언의 핵심이다.

'마음 치료'라는 일관된 주제를 담은 그의 저작들은 먼저 『사람풍경』으로 시작되었다. 인간 탐구를 업으로 삼고 있는 작가의 촉수로 풀어내는 정신분석학을 밑줄 죽죽 그어가며 읽다 보면 내 안에 들어 있는 작은 '나'가 보이고는 했다. 미처 자라지 못한 그 아이가 무의식이라는 막무가내의 상태로 현재의 나를 계속 지배하고 있었으니 늘 투정 부리며 만족할 줄 몰랐다. 그러니 툭하면 우울 모드로 의기소침한 날이 더 많을 수밖에.

다시 채정호 의사의 말에 귀 기울이자면, 우울의 터널 안에 너무 오래 갇혀 지내노라면 일상생활을 유지해나갈 최소한의 에너지마저 소진해버린다고 하니, 입에 발린 덕담이라도 요량껏 주거니 받거니 해야겠다.

역사적인 인물들과의 이별도 유난히 많았던 올해여! 우리 이제 더 좋은 이별을 하자. 허출한 연말연시에 새겨볼 만한 문장을 골라본다.

영웅이 감동을 주는 건 마지막 순간을 살기 때문이고, 꽃이 아름다운 건 지기 때문이다. 마지막 순간을 산다는 건 뒤를 남기지 않고 산다는 뜻이고, 진다는 건 온 힘을 다해 피었다는 뜻. 온전히 피어나면 시들어 죽는 게 두렵지 않다. 충분히 사랑하면 좋은 이별을 할 수 있다.

— 한기호, 『나는 어머니와 산다』에서

입춘의 비타민이 필요할 때

시험에 통과하는 유일한 길은 시험을 치르는 일.
— 말로 모건, 『무탄트 메시지』에서

입춘(立春)이다. 봄은 곧 올 것이다. 그런데 '입춘 추위에 김칫독 얼어 터진다', '입춘 추위는 꿔다 해도 한다'는 옛말이 전해지는 것으로 보아 입춘 때쯤 어김없이 강추위가 한 차례씩 기승을 부리고는 했던 가 보다. 지구의 온난화로 이상기후 현상이 자주 나타나고는 하지만 올해의 입춘 추위 역시 무사 통과하지 않을 기색이다.

정녕 '해빙기의 아침'은 언제 오려는가? 실없이 혼잣소리를 하다가 뉴스에서 본, 남극 바다의 얼음을 깨며 앞으로 나가던 우리나라 최초 의 쇄빙 연구선 아라온호를 떠올려보기도 한다. 남극은 지금 얼마나 추울까?(현재까지 관측된 남극의 최저기온은 영하 89.6도로 밝혀진 다.) 유난히 추위를 타는 체질인 나는 상상만으로도 살이 떨린다.

한여름에도 해가 지지 않는 백야, 여명의 신의 이름을 딴 극광 현상 인 오로라, 펭귄들의 사랑스러운 몸짓 등을 연상하며 잠시 감상에도

그 사람, 그 무늬들

빠져본다. 사람이 살 수 없어 '신화의 땅'으로 여겼던 남극에 이제는 세계 각국의 과학 연구 단지가 설치되었으니 인간이 지구상에서 하지 못할 일이 무엇이겠는가. 우리나라도 1988년에 세종기지를 설립했다.

"지구에서 가장 높고, 가장 건조하고, 가장 춥고, 가장 바람이 심하고 가장 텅 빈 곳"이며 "때로는 기온이 영하 40도 밑으로 떨어지기도 하고" "너무 추워서 비행기를 착륙시킬 수 없기 때문"(비행기는 영하 15도 이상에서 안전하게 작동할 수 있다)에 8개월 반 동안은 절대로 외부로 나올 수가 없다는 남극의 '겨울나기'를 '경고' 받고도 모험을 감행한 여자가 있다. 미국 정부의 남극 연구 기관인 아문센 스콧 기지의 유일한 주치의로 합류하게 된 응급실 전문의 제리 닐슨. 거기, 남극에서 유방암에 걸린다. 자신이 의사이면서도 나날이 커지는 가슴의 멍울을 그저 관찰할 수밖에 없었고 자국의 첨단 의료 시설은 그야말로 바다 건너 먼 나라의 것일 뿐이었다.

『얼음에 갇히다』는 저자가 실제로 체험한 11개월간의 특수한 남극 생활의 기록이다. 유방암 발병 이후부터 그의 진한 생존 투쟁기는 다시 시작된다. 본국에서 보내온 의약품의 공중 투하 작전과 인터넷을 통한 화상(스크린) 치료의 시도. 그리고 40여 명의 대원들이 자신들의 건강을 담당하던 주치의가 오히려 자신들이 감당해야 할 환자가 되어버린 상황에 대처하는 기민성과 동지애 등은 할리우드 영화의 장면 같기도 하다.

겨울이 계속되는 환경에서 살다 보면 대체로 사람들은 두 종류의 경향을 나타내는데 정신이 무뎌지면서 내적인 적응력도 감소되는가 하면 이해심과 연민이 깊어지고 새롭게 명료한 사고를 갖게 된다고 한다. 저자는 이를 "영원히 미쳐버리는 포로와 늘 찾던 신(神)을 발견하게 되는 수도자의 차이"라고 표현한다. 인간의 감추어진 본질은 물리적으로 극한상황에서 여실히 드러난다고 하지 않던가.

"미치는 수도자"와 "인생의 진정한 의미를 발견하는 포로", 저자는 마치 우리에게 묻는 듯하다. 당신은 어느 쪽입니까?

우리의 세시풍속에는 입춘 무렵에 입춘채(立春菜)라 하여 쌓인 눈 밑에서 돋아난 햇나물을 캐어다가 임금님께 바치기도 하고, 요리해서 이웃 간에 나눠 먹는 전통 행사가 있었다. 이것은 겨우내 정신과 신체에 결핍되었던 비타민을 공급하는 지혜로운 방법이었던 것.

남극 기지 사람들도 온실에서 어렵사리 채소를 가꿔 먹는다. 그토록 귀한 '상추 작은 잎 두 장과 방울토마토 한 알'을 선뜻 동료의 접시에 덜어주는 인정에 감격해서 눈물을 짓던 미국의 여의사는, '지구상의 지옥'이라는 표현으로 남극에 갇힌 유방암 환자의 뉴스를 타전하던 기자들에게 항변한다.

"우리 주변에 널려 있는 어둠과 고립이 쉼터, 따스함, 음식, 동료의식, 생각할 거리 등 인생에서 진짜 중요한 것들을 증폭시켜"주었다고.

남극 기지 생활 못지않게 특별한 체험을 한 또 한 사람의 미국 여자 의사가 있다. 호주 원주민들의 대륙 횡단에 초대받은 말로 모건은 넉 달 동안이나 완전한 맨발로 오지의 사막과 덤불 속을 걷는 원시적인

그 사람, 그 무늬들

순례의 길에 동행하게 된다. "그들은 나와 같은 무탄트들이 많은 것에 중독되어 있는데, 물 마시는 것도 그중 하나라고 믿고 있었다." 이쯤이면 남극 생활은 오히려 귀족에 가까웠다고 할 수 있을까.

자신들을 '참사람 부족'이라고 여기는 원주민의 입장에서 보자면 그 문명의 여인은 분명 무탄트(돌연변이), 인간 본래의 모습을 잃어버린 존재였다. 특별한 대우라고는 영어를 할 줄 아는 원주민 한 명이 있었다는 것뿐. 그들 고유의 생활 방식을 그대로 따랐던 저자는 "아침이나 점심 때 아무것도 먹지 않고 눈으로 바라보는 것만으로도" 영양 섭취의 법을 배울 수 있었다고 술회하면서 『무탄트 메시지』라는 책으로 그 후기를 남겼다. 도저히 실화 같지 않은 실화가 실린 이 책은 한국에서 다시 '그곳에선 나 혼자만 이상한 사람이었다'라는 제목으로 번역되었다. 역자(류시화)는 다음과 같은 헌사로 소감을 덧붙이고 있다.

> 내게 겨울마다 양식이 되어준 고구마에게
> 주먹을 쥐고 땅밖으로 나온 여름의 감자에게
> 매순간 가슴을 채워준 신선한 공기에게
> 내 영혼이 보다 순수해지도록 도와준 처녀 채소들에게
> 고마움을 전합니다.
>
> 추운 겨울을 지내고도 순백으로 피어나는 목련에게
> 내 안의 단순성을 일깨워주는 첫 민들레에게
> 나 또한 그렇게 살기 위해.

어쩌면 원주민과의 야생 생활 체험도 긴 겨울의 터널을 지나온 여행이었을까. 본래 갖고 있던 꽃향기를 잃어버린 '무탄트'들에게 '참사람'의 모습을 선물하기 위해 해마다 봄은 기어이 오고야 마는가 보다.

눈(目)으로 하는 식사야말로 범 우주적인 최고의 만찬이겠지만 원주민도, 남극 기지의 요원도 아닌 우리가 '먹는 게 남는 것'이라는 너무나 원초적인 실존의 포박을 끊어버릴 수 없는 한 '밥심'이라도 길러 놓아야만 되지 않겠는가.

들판에 쌓인 눈 밑이 아니라도 동네 슈퍼에 가면 그런대로 싱싱한 봄나물을 만날 수가 있다. 지금, 우리에게 '입춘의 비타민'이 필요할 때다. — 편의점 도시락과 컵라면이라도 족하다는 현대의 유목민들에게 고(告)함!

토껴라, 토끼

숫사슴이라도 거북에게 빨리 달리는 법을 가르칠 수는 없다.
— 칼릴 지브란, 『예언자』에서

이번 정초에 엄지 손톱 끝이 조금 갈라지거나 이지러진 분들, 매우 원활한 소통의 삶을 살고 계시는 현대인들이다. 전시 교전 중도 아닌데 느러터지는 것을 혐오하다 못해 죄악시하는 우리 한국 사람들과 즉각적인 교신의 SNS 시스템은 찰떡궁합이 아닐까. 그러나 속도는 자꾸만 속도를 추구한다. 바로 반응하지 않는 상대, 소위 '문자를 씹'거나 카톡을 재깍 재깍 확인하지 않거나 페이스북에 '좋아요'를 잽싸게 눌러주지 않는 경우에는 오해의 상한선을 넘어 상상을 초월해가며 과민함에 빠진 경험들, 다 있으실 것이다. 무한 질주의 광속 시대에 차분한 여유는 오히려 둔감하거나 예의 없음으로 취급당하고 있다.

『예언자』로 유명한 칼릴 지브란은 삶을 행진하는 데 있어서 "걸음이 느린 사람은 생이 너무 빠르다고 열 밖으로 나오고, 또 걸음이 빠른 사람은 생이 너무 느리다고 열 밖으로 나온다"고 풍자했다. 그렇다. 아찔한 속도에 지칠 때마다 어디 오지 여행이라도 떠나고 싶어진다.

오래전 동남아의 한 나라, 시골 식당에서 음식을 주문했는데 무척 빨리 나왔다. 한국 사람들은 밥을 빨리 주지 않으면 큰일 난다고 주인 아저씨가 직접 가지고 나왔다. 한국에서 몇 년간 취직해서 돈을 모아 식당을 차렸다는 그 사장님은 우리 한국에 대해서 좋은 인상을 가지고 있었다. 무엇이든 빨라서 좋은 한국, 이렇게 국위 선양이 될 때도 있긴 있다.

신속 정확, 이런 단어가 우리 삶에서 최고의 모토가 되던 적이 있었다. 느린 것을 게으른 것과 동일시하여 상대를 얕잡아보거나 업신여겼던 오류의 경험들 어느 정도는 다들 있으실 것이다.

이솝 우화 「토끼와 거북」 속의 토끼가 우리에게 빠른 동물로 인식된 것은 거북이 때문이다. 약육강식의 먹이사슬 관계망에서 보자면 토끼는 늘 먹히지 않기 위해서 쫓겨 다니는 가련한 신세의 미물에 해당된다. 그러니까 세상사에는 상대평가적인 측면에서 더 빠르거나 더 낫다는 비교의 순위가 있을 뿐이지 절대적인 우월은 있을 수 없다.

토끼와 거북(자라)이 대립하는 이야기는 우리의 고대소설 「별주부전」과 판소리 〈수궁가〉에도 나온다. 햇볕에 널어 말리기 위해서 꺼내놓은 자신의 간을 다시 가지고 오겠다며 토껴버린, 임기응변의 기지로 용왕의 신하인 자라를 속인 토끼는 꽤나 지혜로운 동물로 그려지고 있다. 부귀영화를 누릴 수 있다는 별주부의 꾐에 빠져 선뜻 용궁으로 따라나선 토끼의 경거망동에 후한 점수를 주고, 용왕의 병에 어째서 토끼의 간이 좋은지는 의심하지 않고? 이런 '삐딱한' 눈으로 보자면 더욱 흥미진진해지는 이야기다. 어쨌든 우리 인간도 토끼처럼 수시로 간을 넣었다 뺐다 할 수 있는 재주가 있다면 좋으련만.

최인훈은 그의 소설 『구운몽』에서 오늘날 토끼란 동물은 존재하지 않는다고 말한다. 토끼의 헛된 꿈으로 인해 토끼는 이미 토끼가 아니라는 것이다. "토끼의 뒷다리는 말의 뒷다리가 되고 싶은 욕망으로 중풍에 걸렸으며 밤송이처럼 동그란 등은 집채 같은 코끼리 등이 되지못한 열등감으로 애처롭게 꼬물거린다."

짧은 다리를 갖고 태어난 토끼가 겁 없이 질주하는 속도 경쟁에서 살아남기 위한 방법으로 토끼 스스로를 포기하는 길밖에 답이 없을 때, 그들은 지구를 탈출하여 달나라로 가서 계수나무 밑에 떡 방앗간이라도 차려야 하나?

"동물의 언어를 통해" "대지의 비밀을 배우고", "그 비밀을 통해 우리가 몸담고 있는 세계와의 진정한 조응을 향해" 나가기를 역설한 작가가 있다. 가공의 속도가 지배하는 세상에서 자연 생태계의 조화를 지지해줄 수 없는 인간 스스로에 대한 자성의 변을 토끼의 해에 다시 듣기 해본다. 시인이기도 한 작가의 직시와 풍유가 은근하다.

> 동물원의 우리 속에서 생존과 자유를 맞바꿈한 동물들의 절망은 우리들의 절망과 무관한 것일까요? 실어증에 걸린 동물들에게 자연을 강의할 것인가요? 아니면 자연에게 과학을 설교할 것인가요?
>
> ― 김영래, 『숲의 왕』에서

올해도 우리 모두 토끼처럼 간뿐만 아니라, 쓸개와 창자, 이런 걸 다 빼놓지 않아도 그저 아무런 뒤탈 없이 품위를 유지하며 살 수는 없을까. 그런데 최인훈은 『구운몽』에서 다시 토끼같이 타고난 미모와 토끼 같은 가벼움을 부러워하는 말(馬)과 코끼리라는 동물도 있다고 뒤집고 있으니 토끼들이여, 그들이 쫓아오기 전에 얼른 토껴버리세요!

문자 연하장 덕분에 생면부지의 사람들한테서까지 무더기로 새해 안부를 받고 보니 내가 띄운 정초 문안 인사라는 것도 그저 입에 발린 소리가 돼버린 게 아닌가, 염려된다. 속도의 시대에 무례하지 않으려고 재빠르게 답장을 누르긴 했는데 익명의 문자에는 난감했다.

아, 제발 발신자님의 이름을 좀 밝혀주세요! 당신의 매너가 제 매너를 좌우합니다.

마지막 잎새와 크리스마스 선물

제 머리카락은 무척이나 빨리 자라는 편이에요!
— 오 헨리, 「크리스마스 선물」에서

선물 주고받기, 이런 것에 대한 설렘이 사라진 지 오래되었다. 하늘을 우러러 한 점의 불순함도 없는 마음의 표시를 담으려 할수록 부담만 되레 커진다. 주고도 욕 먹거나 흉 잡힐까 봐 전전긍긍하다 보니 포장지만 더욱 근사해진다. 한 꾸러미 물질 앞에서 교환가치나 대가성이 전혀 없는 마음의 선물이라고 주장하기에는 우리 모두가 너무 뻔뻔한 세태에 물들어 있지 않나.

본시 인간의 마음 한구석에 보상 심리가 자리 잡고 있는 한 선물과 뇌물, 사실 이것의 경계를 구분 짓는 것 자체가 무모한 일인지도 모른다. 하, 오죽하면 국법으로까지 그 금액의 수위를 정해놨을까. 김영란이라는 예쁜 여성 이름을 차용하고 있는 청탁금지법, 부정 청탁 및 금품 등 수수의 금지에 관한 법률.

크리스마스와 연말연시 이때, 혹시 선물 때문에 고민했던 경험이 한두 번쯤 있으시다면 다음과 같은 이야기도 함께 기억하실 터.

　가난한 부부의 '크리스마스 선물'은 대표적인 미담이 되었다. 월세 방에서 근근이 살아가는 형편이라 남편을 위한 변변한 크리스마스 선물 하나 마련할 수 없음을 한탄하며 울고 있는 아내의 모습을 두고 작가 오 헨리는 "인생이란 흐느낌과 훌쩍거림, 그리고 미소로 이루어져 있으며 그중에서 훌쩍거릴 때가 가장 많다"고 천연덕스럽게 묘사한다. 그래서 행복하게 잘 살았다더라, 식의 이야기가 아닌 이 작가의 소설은 매번 쓸쓸한 반전의 결말을 제시하며 인생의 비의를 일깨워준다.

　한 푼 두 푼 몇 달을 모았건만 사랑하는 남편에게 줄 선물 값이 모자라 흐느끼던 아내는 불현듯 거리로 나가 미용품점 간판을 발견하고 단숨에 뛰어 들어가 자신의 긴 머리채를 팔아버린다. "갈색 폭포수가 떨어져 내리듯 물결치고 반짝이며" 흘러내린다고 아름다움을 찬사받던 여인의 머리채는 시바의 여왕의 보석과도 맞먹을 만큼 자랑스러웠던 것. 기꺼이 자신의 그 애장품을 내던진 아내는 상점 거리를 헤매며 발품을 팔아 남편에게 최고로 어울릴 만한 백금 시곗줄을 사가지고 집으로 돌아온다.

　남편 또한 조상 대대로 물려받은 가보였던 자신의 금시계를 팔아서 아내가 평소에 갖고 싶어 했던 보석 장식 머리빗을 사가지고 들어왔으니. 여기까지가 우리가 익히 알고 있는 소설 「크리스마스 선물」의 전부일 수도 있다. 그러나 남편의 실망을 위로하는 아내의 센스도 한 번 상기해보시기를.

"제 머리카락은 무척이나 빨리 자라는 편이에요!"

부창부수(夫唱婦隨)라고 남편도 역시 이 기가 막힌 상황을 현명하게 마무리한다.

"우리, 크리스마스 선물을 당분간 치워둡시다. 지금 당장 사용하기에는 너무나 위대한 것들이니."

「크리스마스 선물」의 원제는 「현자의 선물(Gift of Magi)」이다.

아무리 훌륭한 미풍양속일지라도 거기엔 어떤 비련이 숨어 있기 마련이다. 원래 성탄절에 선물을 주고받는 풍습은 마구간에서 나신 가난한 아기 예수를 위해서 동방 박사들이 물품을 바쳤던 것에서 유래되었다고 한다. 후세에 와서 한편으로는 상업적으로 변질된 크리스마스 선물. 이것 때문에 쪼잔해지거나 허랑해지는 심사가 든다면 달랑 남은 지폐 한 장 같은 12월 달력장, 그런 '마지막 잎새'의 스토리를 다시 한 번 회고해 보시기를.

오 헨리의 걸작 「마지막 잎새」는 「크리스마스 선물」과 더불어 연말연시마다 사이좋은 쌍둥이 형제처럼 떠오르는 우리에게 아주 친숙한 또 하나의 소설이다.

가난한 예술인 마을에서 방 한 칸에 세들어 살던 화가 지망생 처녀가 있다. 그 당시엔 무서운 돌림병이던 폐렴에 걸려서 심신이 쇠약해진 그 아가씨는 창밖의 담쟁이덩굴 낙엽이 하나하나 떨어져 나가는 모습을 보고 자신의 운명을 예감하며 비관에 빠진다. 그러자 이웃의 노인 화가가 똑같은 잎사귀 하나를 그려서 붙여줌으로써 죽어가던 처녀가 희망을 얻어 소생한다는 이야기. 대부분의 독자들은 여기까지만 기억하실 터.

이 소설의 반전은 폐렴을 같이 앓던 노화가의 희생적인 죽음에 있다. 마지막 잎새가 사나운 비바람에 떨어지던 밤에 이웃집 아가씨를 위해서 그린 그림, 그 마지막 잎새를 붙이던 노인 환자는 정작 쓰러져 죽고 말았으니. 이 '마지막 잎새'야말로 늘 걸작을 그리겠다고 큰소리치며 거드름을 피우던 노인 화가의 최고의 걸작인 것을.

"아니, 그래, 말라비틀어진 담쟁이덩굴에서 잎사귀가 떨어진다고 저도 따라 죽는다는 그런 얼간이가 이 세상에 어디 있담? 나 참, 머리털 나고 처음 듣는 소릴세."

지금도 괄괄한 그 노인 화가의 목소리가 생생하게 들려온다. 그리고 금시계를 팔아버린 가난한 남편의 호쾌한 목소리도 또 이렇게 들려온다.

크리스마스 선물 같은 건 치워버리고 자, 어서 고기토막이나 올려놓읍시다. 이봐요, 여기 불판 갈아야 되지 않나요?

제3부

반성, 존재, 그리고 반복

반성하지 않는 절망

> 이곳에서는 똑같은 절망을 나눠가지지만 이 절망은 소통되지
> 않는다.
>
> — 필립 베송, 『포기의 순간』에서

일찍이 김수영 시인은 "절망은 끝까지 그 자신을 반성하지 않는다"
고 했다. 수능 국어 시험에 나올 법한 이 난해한 문구가 요즘 왜 자꾸
만 심중에서 떠오르는 것일까.

이따금씩 들려오는 경상남도 지역의 지진 소식. 게다가 월성 원자
력발전소 쪽과 근접 거리. 우리는 정녕 어느 곳에서 언제 터질지 모르
는 마그마가 펄펄 끓고 있는 '화탕지옥'에서 살고 있는가.

카리브 해의 섬나라 아이티, 그곳의 참상이 생생하게 드러나는 화
면을 접했을 때 거의 함부로 입에 올리지 않았던 단어 '절망'이 신음
으로 새어나왔다. 벌써 5, 6년 전의 일이다.

나는 평소에 이 절망이라는 단어를 상종하지 않으려고 무단히 노력
했으며 그 어떤 전염병균 이상으로 아주 멀리하고도 조심했다. 이참

에 이 절망을 설령 에둘러 갈 게 아니라 한번 파헤쳐보고자 꺼내든 책이 있으니 바로 철학자 에밀 시오랑이 쓴 『절망의 끝에서』이다. 아주 오래전에 읽었던 책이다. "삶은 열기가 빠져나가지 못하는 화덕에서 타고 있는 불꽃이다." 벼랑 끝에 내몰린 도망자들의 심금을 간파한 것 같은 문장에 밑줄이 그어져 있었다. 제목부터가 절망아, 네가 도대체 무엇이더냐, 하면서 맞장 한번 떠보자는 오기를 발동시키지 않았던가.

절망의 끝이라니? 내적인 고통과 번민에서 허우적거리다가 결국 지푸라기라도 잡고 다시 살아나고 싶은 독자들에게 솔깃해지는 명제가 아닌가. 그러나 먼저 "철학이란 번민과 괴로움을 위장하는 기술이라는 점을 잊지 말아야 한다"는 구절에서 책을 쥔 손아귀의 힘이 쑥 빠지고 말았다. 하기야 우주만물의 변화가 자연의 용틀임 같은 지각변동의 현상 앞에서 어떤 개념과 이론이 당키나 하겠는가.

그때, 살아남은 아이티 사람들이 구호품 앞에서 서로 다투고 약탈까지 한다는 해외 특파원의 고조된 목소리를 들으면서 인간의 존엄에도 임계점이란 게 있는가 싶어, 일부 언론의 과장된 허용치이기만을 바랄 뿐이었다. 뭉개진 소프트 케이크처럼 형체도 없는 건물 더미에 아직도 깔려 있을 수많은 사람들. 정말 인간은 살아 있는 동안은 그 삶에 주어진 무게만큼의 형벌을 피할 수가 없는 걸까. 공염불 같은 염세적인 관념으로 TV 화면 속의 사태를 망연히 바라본다는 것, 그야말로 생명에 대한 모독이 아니었던가.

그때, 아이티에 세계 각처에서 보내온 구호금과 구호품들, 첨단 장비를 갖춘 전문적인 구조팀들의 파견. 그런데 그 긴박한 상황에서도 자신들이 먼저라며 선진국들의 '각축전'이 벌어졌다니, 우리의 김수영 시인이 설파했듯이 "풍경이 풍경을 반성하지 않는 것처럼" 인간들은 왜 이렇게 부조리한 상황을 연출해야만 하나? 진정 그곳에서는 "똑같은 절망을 나눠 가지지만 이 절망은 소통되지 않는다."는 에밀 시오랑의 답변 아닌 답변을 듣는다.

아비규환의 현장에서 사투를 벌이는 그쪽 사람들에게 나도 뭘 좀 보태야 하는 게 아닌가, 언뜻 측은지심만 솟았을 뿐 행동은 굼벵이 사촌만도 못했다.

"동정심은 책임지지 않는다. 그래서 흔한 것이다. 타인의 고통 때문에 죽는 사람은 없다"라고 일갈하는 이 깐깐한 절망의 철학자의 혜안에 가슴이 뜨끔했다.

기억해보자면 내게는 그저 난해하고 현학적인 내용이었던 책을 미루고 미루다가 다시 집어 든 것은 악화된 몸의 병을 떨쳐내기 위해서 불가피하게 잠시 동안 짐을 싸야 하는 비장한 상황에서였다. 절망의 끝에는 도대체 무엇이 있을까, 과연 무엇이 있기는 있는 것일까? 그때 지푸라기라도 잡고 싶을 만큼 필사적이었고, 한편 그래, 이게 끝이라도 좋아, 하며 담담했었다. 바닥을 치면 다시 떠오르기 마련이라고 했던가.

"인간으로서 절망하게 되면, 뿌리를 박고 자라서 꽃을 피우고 햇빛 아래서 시드는 식물처럼 완벽한 무의식 속에서 살고 싶어지고, 대지의 풍요에 참여하고 싶어지고, 생명의 흐름 속에 이름 없는 표현이 되고 싶어진다." 거기, 에밀 시오랑이 건져 올린 사색의 정수 속에는 분명히 인간에 대한 희망이 싹트고 있었다.

삶의 모든 것을 포기했던 한 남자가 5년간의 형기를 마치고 고향에 돌아온다. 금의환향이 아닌 이상 이웃의 냉대와 멸시는 당연한 영접이지만, "여기 말고는 갈 곳이 없었다"는 그의 고백이 또 한 번의 총체적 절망을 짐작케 한다. 필립 베송의 소설, 『포기의 순간』은 일상의 나락 속에서 이열치열식으로 더욱 자신을 방치하고 싶을 때 권장되는 책이다.

"틀에 박힌 삶에서 벗어나기 위해서는 어쩌면 불의의 사건을 겪어야 하는 건 아닌가요?" 작가의 말에서도 드러나듯이 역설적인 상황만이 구원으로 통하는 길인지도 모른다. 밑줄 그어놓은 독한 문장들을 다시 찾아 읽는 것만으로도 파닥이는 심혈관의 맥놀이가 느껴진다.

"감옥에 대해 상상하는 것과 실제 감옥에 들어가는 것, 이 두 가지는 전혀 달라" "모든 인간적인 것을 포기하기 위해서는 한 걸음, 아주 작은 한 걸음이면 충분"하니까.

다시 돌이켜보자면, 모든 '절망의 끝에서' 모든 '시작'이 비로소 시작되었다. 총체적 난국의 시절마다 그것은 또 더 빨리 시작되고는 했다.

그래, 절망, 그까짓 거, 절대로 반성하지 말자!

그 사람, 그 무늬들

다시, 고도를 기다리며

'고도'는 누구이며, 또는 무엇인가?
내가 그걸 알았더라면 작품 속에서 썼을 것이다.

— 사뮈엘 베케트

　누군가를, 무엇인가를 애타게 기다려본 사람은 안다. 기다림이란 희망과 동시에 고문이라는 사실을. 그래서 '희망고문'이라는 조어가 생기기도 했지만. 기약이 없거나 불투명한 것인 줄 뻔히 알면서도 오직 기다리는 수밖에 다른 도리가 없을 때 우리는 신의 이름으로 '그것'을 호명해본다.

　부조리극의 대표작으로 손꼽히는 사뮈엘 베케트의 「고도를 기다리며」. 전위극이니 실험극으로 일컬어지며 '기다림의 미학'의 정수를 보여주고 있는 이 작품을 책으로 읽다 보면 작가가 독자의 인내심을 시험하기 위해 썼다는 생각이 든다.

　'고도'는 어떤 위대한 인물인가? 그는 정말 오는가? 끝까지 책장을 넘겨보지만 극의 묘미를 살려주는 클라이맥스나 반전 같은 것은 결코 없다. 그토록 고대하던 '고도'는 코빼기 한 번 비치지도 않은 채, 더이상 기다리거나 말거나 관객과 독자가 알아서 선택하라는 결말 처리가 반전이라면 반전이랄까. 2막으로 구성된 극은 결국 '고도'는 '내일 다시 온다'는 메시지만을 남기며 막을 내린다.

'고도'는 누구이며, 또는 무엇인가? 작가 베케트 자신도 "내가 그걸 알았더라면 작품 속에서 썼을 것"이라는 대답을 했다는 일화가 있을 정도로 '고도'에 대한 풀리지 않는 의문은 세인들의 관심을 사기도 했다. 오로지 '기다리기'만을 할 뿐인 에스트라공과 블라디미르, 두 주인공은 '그것'은 결코 오지 않는다는 진실을 전달하기 위해 종횡무진으로 무대 위에서 몸을 날린다. 그들은 온갖 해프닝과 포즈로 어이없는 웃음을 유발시키면서 날마다 '그것'이 오기를 소망하며 살아가는 인간 세상을 통렬하게 풍자한다. 기다리는 일로 삶을 건디는 지리멸렬한 존재인 에스트라공과 블라디미르는 바로 우리들 자신의 모습이 아닌가.

'고도'는 절망인 동시에 희망이다. "기다림을 포기하지 않기 위하여, 여전히 살아 있음을 실감하기 위하여" "지루함과 초조, 낭패감을 극복하기 위해 끝없이 지껄이는 그들의 광대놀음"은 인간에게 주어진 징벌인지도 모른다.

2014년 4월 16일, 세월호 참사. 여태도 돌아오지 못한 존재들, '미수습자'라는 이름으로 남은 영령들. '4월은 잔인한 달'이라고 예견한 영국의 시인 T.S. 엘리엇에게 애꿎은 화살을 날리는 것도 지독한 클리셰일 뿐. 꽃망울은 익어 터지고 봄볕은 날로 짙어지는데 끝내 돌아

그 사람, 그 무늬들

오지 않는 것들, '왜?'라는 여전한 의문만 남긴 채 풀리지 않는 실체들. 어쩌면 그 모든 '고도'로 통칭될 수밖에 없는 그들은 정녕 오기는 오는가?

제행무상(諸行無常), 오는 것도, 가는 것도 없다는 보다 큰 진리를 설파하는 종교관으로 승화시켜보자면 "진리란 그것이 태어난 곳을 떠나야 하는 진리의 운명을 가지고 세상에 온 것"인지도 모르겠다.

공분과 허탈의 총론을 모아서 거국적인 해원 굿을 해봤지만, 한 번 봉인된 것들은 아무런 기미도 없이 매번 "카더라, 카더라" 하는 헛공수만 쏟아내지 않았던가.

시인 고은은 『신왕오천축국전』에서 이렇게 말했다. "세계는 위대한 작가와 과학자, 그리고 철학자에 의해 어떤 것에 대한 이해가 상당한 수준으로 가능하게 되었다. 이런 가능성이, 그러나 너무나 많은 불가능성에 대한 한 영역에 지나지 않는다." 불가항력의 상황이 올 때마다 나는 강하고 처절한 정신의 소유자(수행자라도 좋겠다!) 인물이 그리워진다. 가령 굴러떨어지는 바위를 끊임없이 다시 밀어 올려야 하는 시시포스처럼 피할 수 없는 운명과 대척함으로써 인간의 자존감을 유지시켜주는 거인, 신화적인 인간이라도 그가 우리 옆에 있어주었으면 좋겠다.

유시주의 『거꾸로 읽는 그리스 로마 신화』는 순전히 제목에 유혹되어서 읽게 된 책이다. 하고많은 신들의 이름을 기억해가며 얽히고설킨 신들의 족보를 따지다가 포기했던 그리스 로마 신화를 거꾸로 읽는다면 어떨까 싶어서 집어 들긴 했지만, 역시나 신화 속의 존재들이 복잡한 가계와 관계로 얽히고설키어 있기는 마찬가지. 막돼먹은 인간들보다도 훨씬 불한당 같은, 그토록 난감한 존재들일망정 요즘 같은 때는 차라리 그들의 이야기가 마취제처럼 필요한 게 아닌가.

'거꾸로'라는 함정에 일부러 빠져봤자 뾰족한 수가 없을 때 다시 원점으로 돌아간다. 그중에서 제일 만만한 스토리는 뭐니 뭐니 해도 시시포스!

아시다시피 그는 "가장 현명하고 신중한 사람"이었지만 신들의 입장에서 보자면 대단히 위험하고 못마땅한 인물 중의 하나였다. 신들이 하는 일에 방해되는 일만 골라서 하는 그이니 가장 막강한 신 제우스에게 미움을 살 수밖에. 그리하여 명계에서 가장 높은 산꼭대기 위에다 아직도 바윗덩어리를 계속 밀어올리고 있을 그에게 작가는 "자신의 운명을 이기는 승리자"라는 찬사를 바치고 있다.

"다시 굴러떨어질 것을 알면서도, 수천, 수만 번의 바위를 밀어 올리는 행위"는 '고도'가 결코 오지 않는다는 것을 알면서도 계속 기다려야만 하는 존재들의 거룩한 업보와 같은 것. 신인지, 인간인지 헷갈리는 시시포스. 어쨌든 신의 이름으로 언젠가 한 번 현현하시라!

아, 우리는 오늘도 기다린다, 고로 존재한다.

'자살' 또는 '살자'

우리는 육체를 끌고 다니는 수고를 면제받았어야 옳았다.
자아라는 짐으로도 충분했던 것이다.
— 에밀 시오랑, 『지금 이 순간, 나는 아프다』에서

자살 소식이었다. 그렇지, 또 가을이구나, 우울증, 연예인? 미안하게도 이런 관성적인 의문이 재빠르게 스쳐갔다. 유명 카피라이터이며 작가였던 행복 전도사 최윤희. 그들 부부라니? 헐, 이게 뭥미?

"나는 충분히 이해할 수 있어. 사실은 나도 너무 아파서 자살을 시도하려 했었거든."

오랫동안 투병했던 친구와 통화하다가 들은 말이다. 미안하다, 친구여. 그대가 그렇게까지 심한 통증에 시달렸던 것을 나는 정말 몰랐었다. 우리가 툭하면 써먹는 '차라리 죽는 게 나아' 이런 말이 그냥 입 발린 소리가 아니었다.

굳이 철학자 키에르케고르의 '실존적 절망' 개념을 빌려오지 않더라도 '죽음에 이르는 병'은 우리들 삶의 도처에 널려 있다. 스스로는 도저히 관리할 수 없는 개인의 의지를 주관하여 관장해온 그 어떤 종교조차도 최후의 구원이 되지 못할 때 나는, 우리는 어찌해야 할꼬?

심란하고 허무하다 못해 평소에는 벌벌 떨던 '카드'를 호기롭게 질러가며 흰소리 친다. 카르페 디엠(Carpe diem, 오늘을 살자)! 살아 있음에 대한 자축 행사가 월말엔 고스란히 청구되어 무시무시한 '폭탄' 용지로 날아올 때면 또 자책감으로 죽을 지경이지만 그런 '생존세'라도 꼬박꼬박 물어가며 용케 살아남기를 갈망하지 않는가, 대다수의 우리는.

프랑스 작가 알베르 카뮈는 "짐승은 즐기다가 죽고 인간은 경이에 넘치다가 죽는"다고 했다. 극도의 결핍과 고통으로 생의 막다른 골목에 내몰려서 죽음만을 목전에 둔 어떤 이에게 이건 아주 지독한 역설이다. 그러나 한편으로는 그의 풍자 속에 깃든 강력한 진통의 힘이 우리를, 까짓 것 뭐, 팍팍 '지르게'도 한다.

부조리(不條理) 작가, 또는 실존주의 작가라고 일컬어지는 카뮈는 또 그의 대표작 『이방인』에서도 죽음을 업신여기고 있다. "죽는 바에야 어떻게 죽든, 언제 죽든, 그런 건 문제가 아니다. 그것은 명백한 일이었다."

사형 직전에도 냉소적으로 초연할 뿐인 스물대여섯 살 청년 뫼르소의 입을 통해서 진술되는 이 명제는 신도 울고 갈 만큼, 인간의 실존 허상을 꼬집고 있다. 독자들도 다 아시다시피, 뫼르소는 회개하고 구원받으라는 신부님의 권유를 끝까지 뿌리치고, 그 신부님은 결국 울면서 그에게서 떠나갔다.

그 사람, 그 무늬들

카뮈의 스승인 장 그르니에도 그의 에세이집 『섬』의 「공(空)의 매혹」에서 어린아이의 배내옷과 수의(壽衣)를 같이 놓고 보면서 한 인간 존재의 모습을 묘사한다. 스승과 제자, 그들이 그토록 심취했던 죽음에 대한 통찰은 결국 삶에 대한 통찰이 아니었나.

『다시는 자살을 꿈꾸지 않으리라』, 이것은 카뮈의 여러 대표작들에서 추출한 잠언과 명제의 구절들로 엮어진 책이다. 제목에서 시사하는 바와 같이 휴머니즘적인 구원 의지가 펴낸이의 의도와 부합하고 있다. 시인이며 평론가인 장석주는 "인간과 세계에 대한 열정적인 천착을 통하여 생의 무의미와 존재의 허망함을 발견하고 절망했던" 카뮈가 "자유로운 삶을 얼마나 깊고 뜨겁고 열망했는가를 보여주는 데 의의가 있다"고 밝히고 있다. 제목의 유인성 때문에도 주목받았던 이 책은 한때 젊은이들의 서가를 장식했었다.

심오한 사유의 천착 못지않게 아주 전염성이 강한 긍정적인 마인드와 행복 바이러스를 퍼뜨린 그. 스무 권이 훨씬 넘는 그의 책도 역시 대중에게 끼친 영향력이 대단했다. '자살'을 뒤집어놓고 보면 '살자'가 된다는 역전의 묘를 설파했던 행복 전도사 그 양반. 그 놀라운 통찰에 무릎을 탁 치고 말았던 기억을 공유하는 우리들은 이제 한동안 잠잠한 애도의 시간을 보낼 것이다.

동서양을 막론하고 인간의 본성을 위무하고 삶의 의지를 일깨웠던 사람들, 그들이 남긴 잠언들은 오래도록 인구에 회자될 것이다. 생존과 실존 사이에서 갈팡질팡 오락가락하는 우리들 곁을 스쳐가며 먼저 손 흔들어주었던 그들의 이름을 되새겨보는 10월의 아침. 그 자신 갖은 질병에 시달리다 생을 마감한 수전 손택의 '질병 선물론'을 떠올려본다.

그 양반, 다른 왕국으로 떠나는 여행에 여권을 잘 챙겨갖고 가셨는지?

질병은 삶을 따라 다니는 그늘, 삶이 건네준 성가신 선물이다. 사람들은 모두 건강의 왕국과 질병의 왕국, 이 두 왕국의 시민권을 갖고 태어나는 법, 아무리 좋은 쪽의 여권만을 사용하고 싶을지라도, 결국 우리는 한 명 한 명 차례대로, 우리가 다른 영역의 시민이기도 하다는 점을 곧 깨달을 수밖에 없다.

— 수전 손택,『은유로서의 질병』에서

미친 존재감

뼛속을 긁어낸 의지의 대가로
석양 무렵 황금빛 모서리를 갖는 새는
몸을 쳐서 솟구칠 때마다
금부스러기를 지상에 떨어뜨린다.

— 김중식, 「황금빛 모서리」에서

지난 무렵 엄청난 그 예술품을 대하고는 가슴속에 켜진 황홀한 심사를 한동안 끄지 못했다. 집 앞 벌판에 서 있는 단풍나무 한 그루, 서로가 어우러진 녹색의 숲일 때는 그것의 존재를 전혀 눈치채지 못했었다. 초겨울 어느 날 저녁 문득 홀로 장엄하게 타오르고 있는 그 단풍나무를 발견하고는 아주 특별한 환희심을 체험했다. 이미 반쯤이나 낙엽을 벗어버린 빈 나무의 군상들 가운데서, 늠연하게 화엄의 자태를 드러내고 있는 모습 앞에 헌시 한 소절을 읊고 싶었다.

마지막 절정을 불태우는 단풍의 아름다움은 애절하고 숭고했다. 죽기 전에 가장 아름다운 소리로 노래한다는 가시나무새의 전설이 있듯이. 지금은 그 단풍잎들도 흔적 없이 사라지고 앙상한 빈 가지뿐이다.

꿈결인가 싶게 빛나고 고왔던 시간은 아주 짧았다.

티베트 고원에 위치한 국가 티베트에는 온갖 색깔의 모래알로 화려한 만다라 그림을 완성하고는 바로 지워버리는 독특한 전통이 있다. 소중한 것은 오래 머물지 않는다는 진리를 깨우치는 수행법일 수도 있겠다. 존재는 존재 너머에서 더 존재한다는 사실을 알지 못할 때 우리는 현상에 더 많이 집착할 수밖에 없다. 애착과 소유욕을 끊는다는 것은 의지력 훈련이 잘 된 여간한 도인의 경지가 아니고는 어불성설일 테지만.

김중식 시인의 말처럼 의지의 대가로 한 줌의 금가루라도 얻을 수 있다면 소위 '노다지'를 캔다는 얘긴데 뼛속을 긁어낸다는 말이 영 맘에 켕긴다. 내 몸 속의 뼛가루가 결국 금부스러기로 변한다는 연금술의 비밀을 이처럼 공공연하게 퍼뜨리는 시인이 있으니, 아무래도 서울 종로 삼가에 모여 있는 금방 사장님들이 들고 일어날 것만 같다. 아무튼, 요즘 금값이 마구 뛰고 있다니 존재감 증후군에 시달리시는 분들은 자신의 뼛속이라도 긁어 보심이 어떨지? 만만치 않은 존재유지 비용을 맨땅을 파서 마련할 수도 없으니 말이다.

자신의 모든 것을 압축해서 한 번쯤 피워 올릴 수 있다면 후회 없는 삶이 되려나. 시도 때도 없이 자신의 위용을 증명하는 일이란 너무 피곤하다. 튀지 못하면 살아남지 못한다는 불안감에 미친 존재감이라도 연출해야 하는 스타들. 그들의 상업적 욕망을 소비하는 대중들 역시 반쯤은 미쳐있는 지도 모른다.

SNS에 올라오는 과도한 보여주기. 무슨 패션을 두르고, 언제 어디

가서 무엇을 먹고 즐겼는지를 미주알고주알 '까발리는' 자기과시 욕구. 불특정한 개인의 일기 톡에서 '눈팅'을 즐긴다면 인간 본능의 일종이라는 관음증을 적절히 해소할 줄 아는 건전한 현대인인가?

인간의 자기표현 욕구야말로 예술창조의 한 원천이라 했던가. 다만, 그 까잇 것 뭐, 나도 당신만큼은 잘 나가고 있거든! 급발작의 대응 심리가 작용하여 내 사진 갤러리를 뒤적거려봤자 '뽀대' 작렬하는 프로필 관리는커녕 쑥대밭을 만들고 말았다는 상실의 자괴감을 주의하시길!

미국에서 잘 나가던 사회학자 모리 슈워츠는 노년에 루게릭 병에 걸려서 근육이 굳어가는 중에 『모리의 마지막 수업』이라는 책을 쓰게 되었다. 자신의 병든 몸을 공개하면서까지 그는 우리에게 간절하게 삶의 소중함을 깨우쳐 주고 갔다. 삶과 죽음의 경계를 넘나들면서도 자신의 참 자아를 잃지 않으려 했던 그의 모습은 그대로 살아 있는 '교재'가 되어서 티브이에 생중계되었다.

그는 인간이 위대한 것은 몸이 있기 때문이 아니라 감정과 통찰력, 직관을 지닌 존재들이기 때문이라며, 병에 걸리기 전보다 오히려 더 자신을 찾았다고 말한다. 대단한 존재감이다. 타인과의 영적인 유대를 중시했던 그가 남긴 최후의 전언의 요지는 역시 사랑이다.

"사랑으로 가득 찬 기억들이 우리를 강하게 만들어 주고 우리 마음의 평화를 지켜 줄 것입니다."

한 줄기 소슬바람에도 몸이 춥고 마음까지 가난해지는 소시민들에게 한국의 백석 시인도 아주 오래전부터 다음과 같은 메시지를 전하고 있다.

　"하늘이 이 세상을 내일 적에 그가 가장 귀해 하시고 사랑하는 것들은 모두 가난하고 외롭고 높고 쓸쓸하니 그리고 언제나 넘치는 사랑과 슬픔 속에서 살도록 만드신 것이다."

　애초에 하늘이 우리를 그렇게 만들었다니? 자, 어쩌겠는가. 사랑밖에 난 몰라~ 그런 유행가라도 실컷 불러보면서 내 작은 존재감이라도 확인해 봐야지.

두 개의 달이 뜬다면

가설과 사실을 가르는 선은 대개의 경우 눈에는 보이지 않아.
그 선은 마음의 눈으로 보는 수밖에.

— 무라카미 하루키, 『1Q84』에서

드디어 끝냈다. 마치 마라톤 완주 같았다. 무라카미 하루키의
『1Q84』 전 3권(일반 단행본 두 권 정도의 분량이 각 한 권으로 묶여
서 상당히 긴 소설이다). 이 책은 2009년 당시 출판되기 전부터 '선인
세 10억'이라는 소문으로 화제가 되었다. 엄청난 거금을 미리 지불하
면서까지 판권을 따내기 위한 출판사의 전략이 세인들의 관심을 모
았다. 소위 '노이즈 마케팅(noise marketing)'. 물론 그것이 그 출판사
의 의도된 홍보 전략이라고 단정할 만한 확실한 근거는 없었다. 단지
우리 출판계에 유례가 없었던 일이기에 크게 부각되었던 것은 사실이
다.

내가 이 책이 처음 나왔을 때 선뜻 집어들지 못했던 데는 그러한 잡
음도 한 몫을 했다. 과연 '10억'을 호가할 만한 거창한 이야기인가?

어쨌든 이번에 세 권을 모두 읽고 난 후의 소감은 한마디로 '부럽다!'였다. 독서 인구가 날로 줄어드는 판국에 이토록 가공할 만한 이야기를 써서 많이 '팔아먹을' 수만 있다면 작가로서 무얼 더 바라겠는가.

1984년의 시공간에서 두 개의 달이 뜨는 1Q84년의 세계로 이탈하여 다시 제자리로 돌아오기까지 인물들이 겪는 얽히고설킨 사연들이 흥미진진하다. 소설의 결말에 가면 밤하늘의 달은 다시 그대로 하나가 되어 떠 있다.

그래서 그게 어쨌다고요? 이렇게 따지고 들자면 일상생활에 너무나 바쁘신 독자들에게 굳이 이 두꺼운 세 권짜리 소설 『1Q84』를 거론할 필요는 없겠다. 작가의 기발한 상상력의 산물이었지만 그 '두 개의 달'에 대한 여운은 내게 길게 남았다. 과연 밤하늘에서 달을 본 지가 언제 적이었던가? 이런 심심파적인 여유의 사치를 잠깐이나마 누릴 수 있다면 마라톤처럼 숨 가쁘게 달려온 독서의 효과가 아닐까.

만일 실지로 세상에 달이 두 개가 뜬다면?

그런 천재지변은 곧 대재앙이다. 지금까지 하나의 달이 뜨는 시스템으로 구축된 지구상의 인류의 생활 방식 제도들을 모두 바꿔야 한다. 그런데 왜 이런 걸 상상해야 하지? 괜히 머리만 아프게. 그러나 머리통에 쥐가 날 때 상상력은 막강한 힘이 된다!

아주 단적인 예를 들자면, 돈 한 푼 안 들이고 머리만 잘 굴려서 지어내는 이야기가 자동차 몇백만 대 만들어서 파는 매출액보다 훨씬 큰 수익금이 될 때 상상력은 곧 돈이 된다! 더 구체적인 예를 들자면 영국의 『해리 포터』와 『반지의 제왕』 시리즈가 그걸 증명해주었다. 상상력의 극치인 판타지 이야기들이 전 세계의 어린이들을 완전히 사로잡았다. 이걸 다시 영화로 만들어서 전 세계에 대대적으로 수출했으니 허무맹랑한 상상 속의 이야기를 어찌 무시할 것인가.

『1Q84』 이야기 속 '두 개의 달' 현상에서 어떤 숨은 진실을 찾는 것은 별로 의미가 없다. 작가가 묘사하는 달의 모습은 정작 우리가 알고 있는 정도에 지나지 않는다.

> 그것은 하늘이 준 등불로서 때로는 암흑의 세계를 환하게 비추어 사람들의 공포심을 달래주었다. 그 차오르고 이지러지는 모습은 사람들에게 시간 관념을 부여해주었다.

작가는 또 누구에게나 두 개의 달이 보이지 않는다고 주장한다. "어떠한 세계에 있건 가설과 사실을 가르는 선은 대개의 경우 눈에는 보이지 않아. 그 선은 마음의 눈으로 보는 수밖에." 이 정도면 뭐, 다 아는 얘기 아닌가. 하지만 놀랍게도 현대인 누구도 잘 올려다보지 않는 밤하늘에서 두 개의 달이 뜬다는 말도 안 되는 발상을 끄집어냈다는 것. 물론 우리의 고대 설화나 전설 속에도 이런 이변의 이야기는 풍부하다. 미디어 콘텐츠란 것도 사실 이런 신화적 상상력을 바탕으로 할 때 더욱 성과가 나올 수 있다.

소설은 소설이지 그 이상도 그 이하도 아니라고 딱 잘라 말하는 깐깐한 작가가 있다. 마루야마 겐지, 그는 소설가들이 "거짓 세계를 잘 꾸며내는 유일한 재능을 인정받았을 뿐"이며, "소설가의 재능은 다른 세계에서는 전혀 통용되지 않는다"고 강조한다. 오늘날의 소설가가, 지사적 면모를 가졌던 옛 시절의 작가가 아니라는 사실이 자명하기에, 이야기꾼으로서의 역량을 키우라는 그의 요구는 한국의 현역 작가나 미래의 작가들에게도 적절한 훈수가 아닐까 싶다.

그는 또 소설가가 자신의 직접적인 책 선전 이외의 목적으로 자기 작품의 앞으로 나설 때는 빈틈없는 주의를 기울여야 하고, 아니라면 소설가이기를 포기하라고 단호하게 주장한다(마루야마 겐지, 「소설가가 작품의 전면으로 나설 때」, 『소설가의 각오』참조). 굳이 '노이즈 마케팅'과 연관 지어볼 때 귀담아 들어도 좋을 만하다.

두 개의 달이 뜨는 세상, 이건 전적으로 스토리의 힘이다.

소설 속의 세상에서는 불가능이 없다. 그래서 작가를 무소불위의 힘을 가진 신의 존재로까지 간주하기도 한다. 현실 속의 작가들은 대부분 가난하고 '찌질'하지만 말이다. 작가 지망생들이나 썩 잘나가는 작가들 모두에게 누가 뭐라 해도 이미 세계적인 작가인 일본의 하루키는 선망의 대상이다. 우리나라에도 그처럼 뛰어난 이야기꾼 몇 명만 건재해준다면 몇백억 불 수출이 문제가 아닐 텐데. 그렇다면 이야기의 원천이 되는 그 '상상력'이 관건이다. 부동산이다, 주식이다, 이렇게 머리 굴리는 것도 다 상상력이라면 상상력?!

아, 내일 밤, 만약에 두 개의 달이 뜬다면 독자 여러분은 어떻게 하시겠습니까?

그 사람, 그 무늬들

삐딱한 작가들

우리는 태어날 때부터 거의 모든 걸 일고 있어.
늙는다는 것이 두려운가?

— 악셀 하케, 『사라진 데쳄버 이야기』에서

태어나자마자 모든 걸 다 알고 있다면, 어른으로 바로 태어날 수가 있다면?

실수하면서 배운다거나 젊어 고생은 사서 한다는 말은 다른 개념의 역설적인 뜻을 담고 있겠지. 어른으로 산다는 것은 용서받을 여지가 줄어든다는 것. 아이가 아이답지 못한 것에 대해서는 관대하면서도 어른이 어른답지 못할 때 우리는 분노하고 실망한다.

'무엇답다'는 말 자체가 사실은 모순된 것인데도 그것이 어떤 진실보다 더 많은 힘을 발휘할 때가 있다. 나쁜 진실의 뒤끝을 지켜봐야 할 때 우리의 심사는 4월의 라일락 나뭇잎을 씹는 것만큼이나 쓰디 쓰다.

"꽃을 보고 즐거워하는 대신 꽃을 피우는 대자연의 섭리의 일부가 될 테고, 육신으로 사랑하는 사람들과 만나는 대신 무심한 바람으로 사랑하는 사람들의 옷깃을 스치게 될 터이다." 작고한 박완서 작가의 추천사를 먼저 읽고 집어 든 책이 있었다.

『사라진 데쳄버 이야기』, 데쳄버(Dezember)는 한 해의 마지막 달인 12월을 뜻하는 독일어. 어떤 왕의 이름이기도 하다. 이 왕은 방 안의 책장 뒤에 숨겨진 공간에 살고 있는 아주 작은 사람이다. 집게손가락만 한 체구의 왕은 그러니까 '엄지 공주'처럼 동화 속의 임금님이다. 그 나라에서는 사람들이 모두 이미 어른으로 태어나서 시간이 갈수록 점점 작아진다.

"우리는 태어날 때부터 거의 모든 걸 알고 있어."

데쳄버 왕의 이 자신만만한 말씀이 마치 권좌에 오르기만 하면 모든 능력을 가진 만능인이 된다는 정치적 발언처럼 들린다. 태어나자마자 다 알아버리다니?

"무슨 일이든 더 배우지 않아도 아무 문제가 없어. 세월이 지나면서 점점 잊어가는 거야."

이 전지전능하신 왕의 궤변은 위험하기 짝이 없다. 이건 완전히 입신양명의 도박판에서 머리 굴리는 사람들의 공통된 수법이 아닌가. 일단 되고 보는 거야! 그러고는 모든 게 올챙이 적 이야기라는 듯 입 싹 닦으면 그만.

사실 이 『사라진 데쳄버 이야기』는 절대 이런 오류의 해석이 나올 수가 없는 순수한 책이다.

앞서 인용한 박완서 작가의 유서 같은 추천사에서도 알 수 있듯이 데쳄버 왕은 초현실적인 정신세계 속에서나 만날 수 있는 어린 왕자 같은 존재이다. 이 책의 지은이 독일인 악셀 하케는 현대적인 동화를 쓴다는 평가를 받는 작가이며 언론인이다. '시간의 끝'이라고도 풀이 되는 데쳄버(12월) 왕의 역설을 통해 그는 독자들에게 묻고 있다.

"늙는다는 것이 두려운가?"

이는 다시 우리의 의표를 찌르는 질문으로 이어진다.

끝난다는 것이 그렇게 두려운가? 그래서 더 붙잡고 싶은가?

"진실만을 얘기하고 싶은 사람들은 내 이야기를 들을 자격이 없단 다."

출사표 같은 진술과 함께 100세 노인 알란 칼손의 기행이 시작된 다. 『창문 넘어 도망친 100세 노인』, 제목에서 드러나듯이 100세 생 일 아침에 요양원의 담을 뛰어넘고 도망친 한 노인의 좌충우돌 모험 담이다. ─이 책의 작가 요나스 요나손 역시 언론인 출신이다. "인생 을 조금 더 연장해보기로 결정하고 나니 사는 게 왜 이리도 고단한 지." 그의 푸념은 데쳄버 왕처럼 역설의 삶을 부여받은 존재가 날리 는 유머가 아닌가. 세상을 오래 살아보니 "옳은 것이 옳은 게 아니고 권위자가 옳다고 하는 게 옳은 거더라"는 진언을 위한 귀납적인 수사 법일 테지만.

"현재가 짜증나 과거로 돌아갔는데도 과거가 짜증나는 것은 매일반 이었다."

데쳄버 왕과 100세 노인을 통해서 들려주는 역설의 통찰, 이처럼 '삐딱한' 작가들이 빚어낸 세상 속으로 탈출하고 싶을 때도 있다.

아마 우연의 일치였을 것이다. 문태준 시인의 시집을 넘기다가 "12월 당원처럼 강제로 먼 곳 극지로 내몰릴 때, 국가여 부디 나를 풀잎 속에 가두어주소서"라는 구절에서 멈칫했다. 우리 문단에서 유명한 서정시인으로 일컬어지고 있는 그의 시에서 '당원'이나 '국가' 같은 단어들이 사용되고 있으니 아무래도 의아할 수밖에.

"오늘날에도 유형(流刑)이라는 형벌을 시행하는 국가가 있다면/나는 그 나라에 가 죄를 짓고 살고 싶다." 아니, 이게 뭔 소리? 고매하고 정갈하기로 소문난 시인님께서 무슨 얄궂은 상황에라도 빠졌었나. 아, 맞다, 맞아. 모든 시인들은 역설로 표현하지 않던가.

역설이라면, 누가 이 시인을 제칠 수 있을까. "나보기가 역겨워/가실 때에는 죽어도 아니 눈물 흘리우리다." 진달래의 시인 소월께서 이 악물고 조신하게 치르는 이별법을 일깨워준 지도 어언 한 세기가 다 되었다. 하지만 시인도 아니면서 우리들의 언어는 갈수록 '패러독스'해지고 궤변화된다. 정치가들뿐만 아니라 그 특정 후보들의 '팬심'이 뿜어내는 막말 역시 구업(口業)의 죄를 짓기는 마찬가지.

하고많은 진달래 꽃 중에 김소월의 '진달래'가 우리에게 유독 영원히 남는 것은 "가시는 걸음 걸음/놓인 그 꽃을/사뿐히 즈려밟고 가시옵소서"라며 가혹한 현실을 지그시 받아치며 넘어가는 절제된 심상 때문이기도 할 것이다.

지금은 선거철, 우리 동네 뒷산에는 진달래가 한창이다. 진달래는 먹을 수 있는 꽃이라 해서 참꽃이라고 불린다. 같은 진달래과에 속하지만 먹을 수 없는 꽃이기에 철쭉은 개꽃으로 취급된다. 절정인지, 마

그 사람, 그 무늬들

지막 발악인지 흐드러지게 피워내는 공약의 언어들. 참꽃일까, 개꽃일까? 삐딱한 작가들처럼 상대 후보를 '돌려 까는' 것까지는 그렇다 손치더라도, 막판에 소의 정수리를 찌르는 투우사의 마타도어(Matador)처럼은 제발! 아닙니다요.

'방콕'에서 성지순례

나는 내 가슴속 폐허 때문에 이곳에 왔다.
— 박범신, 『비우니 향기롭다』에서

여름 휴가철이 되면 괜스레 마음이 바빠지거나 허랑해진다. 남이 장에 간다고 덩달아 따라갈 수 없는 이들에겐 주룩주룩 내리는 장맛비가 차라리 반가운 벗이다. '방콕'에 죽치고 앉아 있어도 체면 손상될 게 없으니 말이다. 그렇다면 배 깔고 엎드려 식은 죽 떠 먹기보다 더 쉬운, 세계 최고의 설산으로 여행을 떠나는 휴가법을 여기 소개한다.

박범신의 『비우니 향기롭다』, '히말라야에서 보내는 사색 편지'라는 부제가 붙은 이 책은 작가의 트레킹 여행 기록이다. 공간 이동만이 먼 여행이 아니듯이 우리는 시선을 모아 책장을 할랑할랑 넘기면서 작가를 따라 4천 미터 높이의 이상향 '샹그릴라'로 오르는 성지순례의 길을 떠난다. 단 일상의 전투복을 벗어던지고 최대한으로 몸과 마음을 가볍게 만들 것. 보는 사람도 알아주는 사람도 없으니 고가의 명품 트레킹 장비 따위는 절대 금물!

그 사람, 그 무늬들

이런저런 여행 후기의 책들이 수두룩하지만 "나는 내 가슴속 폐허 때문에 이곳에 왔다"고 실토하는 작가의 진담에 끌리는 것은 우리 또한 질곡의 일상 속을 헤쳐 왔다는 동기 의식에서일 것이다. 작가 자신도 오랫동안 잃었던 '내 안으로 들어간' 기록이라고 서문에서 밝히고 있다. "나의 내부엔 초월적인 세계로 떠나고 싶은 원심력과 사람들 사이로 들어가 함께 사랑하며 살고 싶은 구심력이 동시에 존재합니다."

심심한 개들이 아이들의 볼을 핥아주고, 낯선 이방인 앞에서 콧물을 후루룩 들이마시는 아이들이 그대로 존재하는 동네. 얼굴에 사회적 자아의 가면을 쓰고 타인을 대할 필요가 없는 그곳에서 작가는 꿈에 아버지를 만난다. 속병이 깊어져 아무런 민간요법도 효험이 없자 결국 "비장한 표정으로 단숨에 한 대접의 똥물을 마시는" 아버지를 작가는 왜 하필 에베레스트로 가는 설산 길목에서 만났을까? 모든 것을 제쳐두고 홀연히 떠나온 그가 어쩌면 거기서 쫓기고 있는 자기 자신과 맞닥뜨린 게 아닐까.

보통 나흘이면 올 수 있다는 코스를 여드레나 걸려서 왔다는 자괴감 때문에 의기소침해진 작가. 굳이 날짜 계산을 하지 않고 다닌다는 한 외국인 앞에서 부끄러워진다. 그 외국인은 혹시 가진 것은 시간뿐인 사람? 그런데 그는 왜 그렇게 한국에서 '잘나가는' 작가의 고개를 숙이게 만들었을까? 달리기 시합을 하듯이 살아온 한국인의 훈련된 관성이 자신의 몸 안에 각인되었기 때문이었다는 작가의 자문자답을 듣는다.

당신이 겪은 비인간적인 가난 속에 처자를 그냥 내박쳐두지 않으려고 지난 반세기 동안 불철주야로 달려온 아버지들. 이제 길을 잃고 쓸쓸한 세대가 되어버린 그들의 모습을 히말라야를 걸으면서 또렷이 보았다는 작가. 그 역시 그 대열 속으로 합류해가는 자신을 문득 발견한 게 아니었을까.

길을 떠나는 것만으로도, 절반을 이룬 것이나 다름없다는 성현의 말씀에 꽂혀서 무작정 떠났다가 '집 나가면 개고생'이라는 깨달음이라도 얻고 돌아온다면 전혀 소득이 없는 것도 아닐진대 그리하여 트레킹의 본질만 제대로 알게 되더라도 필시 본전은 뽑고도 남을 수 있는 것.

히말라야 트레킹에서는 빨리 가고 늦게 가는 차이가 아무 의미도 없고, 높은 사람 낮은 사람 할 것 없이 한번 길에 들면 용빼는 재주 없이 그냥 걷지 않으면 안 되니 그저 히말라야 품속에서는 살아 있는 모든 것이 같은 눈높이로 고요하다는 것. 누가 감히 신에게 가는 초입에서 자신들이 타고 온 거만한 자동차에서 내리지 않겠느냐고 작가는 묻고 있다.

"영리하거나 힘이 센 것들은 순례를 하지 않는 법이다. 그런 힘든 여정에 오르지 않아도 자신의 영토 안에서 충분히 잘 살기 때문이다."

해이수 작가가 전하는 '순례'에도 귀를 기울여볼 일이다. 작가는 그의 소설 『눈의 경전』에서 주인공이 직접 히말라야 설산으로 떠나게끔 등을 떠밀고 있다. 다음과 같은 문장에서는 고행을 순례라고 읽어도 무방하다.

"밥벌이에 하루가 고단한 부류도 고행을 하지 않는다. 일상 자체가 고행이기 때문이다."

나와 같은 밥벌이족에게도 이렇듯 순례의 동참을 허락하는 작가의 혜량이 고맙다.

주기적으로 혁명을 꿈꾸었다는 박범신 작가. 주체할 수 없는 역마살을 이토록 고매하게 고백하시다니. "내게 혁명이란 세계를 송두리째 바꾸는 것이 아니라 내가 선험적으로, 혹은 환경이나 습관의 축적에 의해 결정되었다고 느끼는 일상 속의 나를 통째로 뒤집어 변화시키는 일이다." 어째서? 나 자신을 근본적으로 변화시키지 않고서는 세계가 변화하지 않기 때문이라는, 혁명가의 코스프레. 역시, 멋지시지 말입니다!

영원한 '청년 작가'라는 별명을 가진 그는 또, 육체는 우리의 영혼이 잠시 머물다 가는 여인숙이라고 설하신다. 아, 이건 선사님 투의 게송이 아니십니까?

'방콕'이라는 이름의 여인숙. 독자 여러분들도 올여름 거기에 잠시 머물다 가시기를!

그리고 우리 또 내년 여름, '잠시 머물다 가는 여인숙' 거기에 다시 들를지도…… 일상이라는 순례가 끝나지 않는 한. 아무려면 두 번 다시? 그건 또 모르는 일, 지난봄에 떨어져 내린 꽃송이처럼.

"두 번은 없다"라고 시작되는 시가 있어서 – 성지순례 때 숙연히 합장하고 음송하는 마음으로 – 몇 구절을 되뇌어본다.

두 번은 없다. 지금도 그렇고
앞으로도 그럴 것이다. 그러므로 우리는
아무런 연습 없이 태어나서
아무런 훈련 없이 죽는다.

어제, 누군가 내 곁에서
네 이름을 큰 소리로 불렀을 때
내겐 마치 열린 창문으로
한 송이 장미꽃이 떨어져 내리는 것 같았다.

장미? 장미가 어떤 모양이었지?
꽃이었던가, 돌이었던가?

　　　　　　　　— 비스와바 쉼보르스카, 「두 번은 없다」에서

　　　　　　　　　　　　　그 사람, 그 무늬들

친절한 혁명

내 시의 요람은 안락의자가 아니며, 안락의자는 시의 무덤이다.

— 김남주, 『시와 혁명』에서

혁명이라는 단어에서 풍기는 뉘앙스는 어딘지 부담스러웠다. 과격하고 선동적인 느낌의 이 용어가 우리에게 무리없이 다가오기 시작한 것은 아마도 두뇌혁명이나 사고혁명과 같은 복합어 때문이 아니었나 싶다. 생각을 뒤집어서 발상의 전환을 일으키자는 주의주장은 골수에 깊이 들러붙어서 인격화된 정신적인 습관을 버리자는, 그야말로 혁명적인 것이었다.

'변해야 산다!'는 강력한 메시지에 뇌세포마저도 변하게끔 스스로 최면을 걸어야만 했다.

근현대사 동안 몇 차례의 정치적인 혁명을 호되게 겪은 우리에게 혁명이란 물리적인 힘, 즉 폭력이 먼저 연관되곤 했다. 그래서 혁명은 강하고 무서운, 가까이하기엔 너무 먼 당신쯤의 이미지로 살아 있었다.

우리는 대내외적인 정세로 인해 산업혁명 같은 거대한 세계적인 시류에 비교적 늦게 합류하여 빨리 성과를 내어야만 했다. 따라서 우리가 부담해야 할 몫이 만만치 않았다. 국가 차원의 집단에서도 물론이려니와 개개인이 겪은 정신적인 내상은 강한 트라우마(trauma)로 남아서 지금까지도 서로를 괴롭히고 있지 않는가.

요즘은 이 혁명이라는 말에 대한 거부감은 사라지고 오히려 소기의 목적을 이루기 위한 도우미 역할 정도로 친근한 키워드가 되고 있다. 그렇게 변하자고 다짐했건만 늘 제자리뛰기를 하고 있으니 혁명이라는 촉진제를 처방전으로 내놓은 시골 의사 선생님이 계신다.

『시골의사 박경철의 자기혁명』, 이 책을 읽는 내내 손이 몹시 바빴다. 밑줄 치며 곱씹어야 할 부분이 하도 많아서. 저자의 그 빈틈없는 사유가 어디서 오는가? 답은 물론 독서의 힘이다. 그가 촌음을 아껴가며 섭렵한 책들을 가히 짐작할 만하다.

참 이상한 것은 이토록 '빡세고 쫀쫀한' 책을 독자들이 엄청나게 좋아한다는 사실이다. 잡다하고 허다한 업무에 시달려 늘 팽창된 채로 곧 터질 것만 같은 머리통을 이고 살아가는 오늘날의 시민들. 그들이 보통은 킬킬대면서 읽을 만한 거리들이나 선호하는 줄로만 알았다면, 그건 무척 오해였음을 이 책이 방증해주고 있다. 이제 자기 안에서 혁명을 일으키지 않으면 방법이 없다고 우리를 설득하고 있는 이 작가의 친절한 카리스마의 글에 독자들은 취하고 만 것이다.

그렇다고 "자신과 사회의 미래를 고민하는 청년들과 부모로서 아이를 어떻게 키울지 고민하는 분들에게 작은 도움이라도 되면 좋겠다"는 의도로 썼다는 작가의 말을 액면 그대로 받아들일 수야? 잘나가는 실용서쯤으로 알고 이 책을 주저 없이 집어들었다가는 작가의 호된 친절함에 갇히고 만다.

가령 도전하는 삶에 걸림돌이 되는 관습들을 깨기 위해서 작심삼일로 끝나기 일쑤인 결심에 대한 성찰을 먼저 하는데, 의지의 노력 차원이 아니라 아예 의식을 바꿔버리라는 획기적인 처방을 내린다.

좋은 습관을 만들려는 노력보다는 나쁜 습관을 먼저 내려놓으라는 것. 우리의 어깨에는 나쁜 습관이라는 모래주머니가 주렁주렁 달려 있는데 이것은 빙의된 귀신 같으니 그 오백 명의 귀신들을 물리쳐야 한다고, 선방의 죽비처럼 내리치는 그의 일갈에 정말 어깨가 후끈거린다. 습관적으로 사는 것을 죄악시하는 저자의 서슬에는 제 아무리 모범인생이라도 야코가 팍 죽을 것이다.

시골의사 선생님은 또 중국 당송대의 한유(韓愈)의 글을 인용하며 공부의 혁명을 외친다. "사람이 사람답게 되는 것은 뱃속에 글이 얼마나 들어 있느냐에 달려 있다." "신마(神馬)와 비황(飛黃)은 높이 뛰어 내달릴 뿐 두꺼비 따위는 돌아보지도 않는다!"

계속 배우고 공부하면 신분이 높아진다는 비유의 글인데 해석하기 나름이지만 젊은 날에 노력하라는 말을 이처럼 고고하게도 풀어놓고 있다. 종횡무진으로 달리는 말(馬)같이 거침이 없는 그의 글에는 고삐 대신 독한 뼈대가 있기에 독자들에게 복식호흡법의 독서를 권장한다.

밥상 혁명, 아토피 혁명, 재테크 혁명처럼 온갖 혁명이라는 이름의 책들이 무수히 쏟아져 나오던 가운데서도 아직까지 필자의 뇌리에 남아 있는 제목은 『시와 혁명』이다. 젊은 날 투쟁의 삶을 마감하고 떠난

김남주 시인의 책이다. 「껍데기는 가라」의 신동엽 시인에게 관사처럼 따라붙는 민족시인이라는 호칭이 있다면, 김남주 그 시인에게도 그런 헌사적인 관사를 씌워줄 수는 없을까?

"내 시의 요람은 안락의자가 아니며 안락의자는 시의 무덤"이라고 했던 사람. 누구보다도 먼저 목소리를 높여 자기 혁명에 투철했던 그 사람. 친절한 시골 의사의 『시골의사 박경철의 자기혁명』을 읽으면서 하필 그토록 불친절했던 시절의 그 사람을 떠올릴 게 뭐람?

그나저나 선거철에만 유난히 친절해지는 사람들, 아무나 손 잡아주고 눈 맞추며 웃고…… 선거가 끝난 후에도 계속 그렇게…… 제발 뇌세포에게 혁명이 있기를!

그 사람, 그 무늬들

스티브 잡스의 가슴

"난 원래 그런 사람입니다."

― 스티브 잡스

"우리는 이미 알몸입니다. 가슴을 따르지 않을 이유가 없지요."

미국 애플사의 창업자 스티브 잡스가 2005년, 스탠퍼드대학교의 졸업식 연설에서 했던 말이다. 이미 자신의 죽음을 예견한 것일까. 2003년 처음 암 선고를 받은 잡스는 자신이 수술을 받아야 한다는 사실을 받아들이지 못하고 주위의 권고들을 강하게 뿌리쳤다. 하지만 그의 아내는 '육체는 영혼에 봉사하기 위해 존재하는 것'이라며 남편을 설득했다. 몸을 먼저 중시하자는 뜻인데, 앞에서 몸을 '벗어나자'고 주장하는 잡스의 연설과도 일맥상통하는 데가 있다.

몸을 초월할수록 거룩한 존재가 된다고들 하지만 그 몸이 없으면 어떤 존재도 성립되지 못한다. 몸은 생물학적으로 살아 있음을 증명하는 유일한 것이다. IT 혁명을 일으킨 영웅도 이 명백한 조건 앞에서는 예외일 수가 없었다. 그를 영원히 살리기 위해서는 그를 신으로 만드는 수밖에 없다. 한 인간을 '신격화'하는 데 있어서, 책으로 만드는 것도 방법이 된다. 그 속에는 그의 특별했던 삶의 행적과 더불어 그의 사상이 담긴 어록들이 빽빽하게 들어 있다.

『스티브 잡스』, 900여 쪽이나 되는 이 책을 마침내 끝냈다. 밀린 숙제를 마친 기분이다. 가끔씩 이렇게 숨 가쁜 대장정의 독서에 돌입할 때가 있다. 마라톤 코스를 완주한 것처럼 피로한 쾌감이 보너스로 주어진다. 대하소설도 아니고, 사실 이토록 두꺼운 한 인간의 전기를 읽는 것은 만 56세를 일기로 떠난 그의 압축된 삶을 파노라마처럼 펼쳐 보는 것이다. 나는 그의 빛나는 업적보다는 사적인 행적에 더 관심이 많았다. 인류에게 미래 혁신을 가져다준 대가(大家)의 사생활이니만큼 일반 세인들과는 다른 사연도 많거니와 비상한 인물들이 지닌 유별난 일면도 있었다.

"다르게 생각하라!"를 모토로 최고를 추구했던 기업가 잡스는 직원들에게 너무나 혹독한 상사였다. 공포의 대상이었던 사장 잡스 때문에 꿈도 꾸지 못했던 일들을 해낼 수 있었다는 동료들의 회고담에서는, 나는 잠깐 괜한 노파심이 발동한다. 거봐, 무조건 족치면 되는 거야! 라고 의기양양하실 조직의 높은 분들. 그건 절대 아니거든요!

"물론 이윤을 내는 것도 좋았다. 그래야 위대한 제품을 만들 수 있었으니까. 하지만 이윤이 아니라 제품이 최고의 동기 부여였다."

이처럼 확고한 경영 철학이 있었기에 애플이 세계적인 기업이 되었던 것.

스티브 잡스와 애플사는 21세기 최고의 아이콘 목록에 이미 올라 있다. 그가 지금 우리 시대의 풍속도를 완전히 바꿔버렸다. 버스나 전철을 타면 그게 바로 증명이 된다. 이어폰 줄을 늘어뜨리고 손바닥만한 화면에다 코를 박고 있는 군중들의 모습들. 종이책을 읽고 앉아 있는 나 같은 사람은 분명히 시대에 뒤떨어진 사람이다. 이게 다 스티브 잡스 때문이다. 이제 학생들은 어깨가 휘는 무거운 책가방으로부터 해방될 것이고, 교양과 학식 있는 집안의 상징물로 거실 한 칸을 차지했던 책장은 거추장스런 구닥다리 가구가 되어버릴 것이다.

"훌륭한 예술가들과 훌륭한 엔지니어들이 비슷한 사람들이라고 생각한다."
　과학과 인문학을 접목시키려 했던, 잡스의 이런 융합적인 의식이 아이폰을 탄생시켰다. 어쩌면 서구의 실용 정신이 그를 키웠기에 가능했을 터. 그러나 그가 다만 빠르고 편리한 도구만을 목표로 했더라면, 아마 우리 한국의 어떤 기업과는 게임도 되지 않았을 것이라는 분명한 사실! 빠르기, 급하기로 말하자면 어디다 내놔도 빠지지 않는 우리가 아닌가(이 부분을 쓰면서 필자는 지금 자부심이 만발하고 있다).
　"난 원래 그런 사람입니다." 막가파식의 자기 의지 관철로 세상을 통제하고자 했던 스티브 잡스에게 자신의 육체의 병 말고는 불가능이란 없었다. 일찍이 나폴레옹이 "나의 사전에는 불가능이란 없다"고 선포했는데 이제 인류사는 또 한 사람의 '가능의 달인'을 영원히 기억하게 될 것이다.

　미국의 전문 자서전 작가인 월터 아이작슨이 대필한 책『스티브 잡스』의 끝부분에는 잡스 자신이 직접 쓴 글이 있다.

"애플이 사람들에게 공감을 얻는 이유는 우리의 혁신에 깊은 인간애가 흐르고 있었기 때문이다."

이처럼 그가 지키며 추구했던 총체적인 정신은 결국 '가슴을 따르자'는 한마디 말로 요약될 수 있겠다. '가슴'이라는 말의 힘은 참으로 눈물겹다.

한국의 작가 한강도 가슴 예찬을 한다. "내가 믿는 건 내 가슴뿐이야." "이 둥근 가슴이 있는 한 난 괜찮아." 『채식주의자』를 관통하는 의표의 한마디, "젖가슴으로는 아무것도 죽일 수 없으니까." 가슴을 따르자는 원초적인 이유를 이처럼 명약관화하게 밝혀주다니.

그런데 이 가슴이라는 단어를 함부로 쓰지 못하고 '슴가'라고 거꾸로 표기해야 하는 웃기는 현상이 한때 우리 한국 땅에서 벌어졌었다. '나○수와 비키니' 뭐, 이건 알 만한 사람들은 다 아는 얘기다.

쳇! 그런데 이것도 다 잡스가 만들어놓은 그 아이폰 때문에 생긴 일이다.

지금은 시험 중……

지식은 책 속이나 서가 위에 있는 것이 아니라 정리된 경험과
실천 속에, 그것과의 통일 속에서 존재하는 것이리라 믿습니다.
— 신영복, 『감옥으로 부터의 사색』에서

우리의 수업이 주말의 끝, 금요일인지라 제일 힘든 시간이었지요?
주경야독(晝耕夜讀), 일상에 매몰되지 않고 자신의 밭을 가꾸는 여러
분들은 모두 존중받아야 할 사람들입니다. 여러분들과의 수업을 마치
고 나니, 마치 저도 한 학기를 배운 것 같습니다.

'배운다는 것은 자기를 낮추는 것, 가르친다는 것은 다만 희망에 대
해서 이야기 하는 것'입니다. 이는 신영복 님이 프랑스 시인, 루이 아
라공의 「스트라스부르 대학의 노래」에서 한 토막 빌려와 하신 말씀입
니다. 우리가 공부해야 하는 궁극적이고 분명한 지향점이 이 한마디
에 집약적으로 들어 있다고 생각합니다.

그러나 세상에서 실질적으로 요구하는 공부는 이렇게 이상적이고
형이상학적인 것만은 아닙니다. 현실은 우리에게 더 구체화된 전문성

과 더불어 더 높은 학력을 요구하고 있습니다. 학력으로 개인을 검증하는 이 모순되고 불합리한 제도가 어쩌면 개인을 평가하는 데 있어서 가장 단순, 편리하기 때문인지도 모릅니다. 아, 교육제도, 정치권에서도 이것 때문에 당리당략의 사활이 걸릴 정도이니! 매우 복잡한 문제이긴 합니다. 어쨌든 우리는 이런 제도의 용이함에 막대한 비용을 지불해가면서 편승해 가고 있습니다.

누구(에디슨, 스티브 잡스, 서태지, 광고천재 이제석······?)처럼 장(학력) 밖으로 뛰쳐나갈 담력과 용기가 없었으므로. 물론 조금은 있기도 하지만 내게 '딸린' 어떤 것들이 내 발목을 잡고 결사적으로 늘어지지요. 그래서 못 이기는 척하고 주저앉았지만 때로는 부글부글 내면의 자의식이 활화산처럼 간헐적으로 끓어오르기도 합니다. 그러니까 우리는 늘 이런 자신과 불화하면서 일생을 살아갑니다. 결국 세상의 모든 불화는 내 자신으로부터 오는 불화라는 현자들의 말씀을 금과옥조로 삼고 '나'를 담금질해가며, 일정한 수행의 경지에 오를 때까지 계속해서 정진? 하, 끝나지 않는 삶의 숙제여!

아무쪼록 이런 불화 속에서도, 오늘 갈아야 할 내 몫의 밭이랑이 저만치 펼쳐져 있다는 것은 매우 희망적입니다. 희망만큼 강한 에너지가 어디 있겠습니까. 지금 돌이켜보면 제 삶 속에서 '하고 싶은 공부'를 하는 동안이 제일 안온하고 꽉 찬 시기였던 것 같습니다. 내 인생에서 공부는 이제 끝! 하면서, 권태로운 연애를 끝내듯 결별 선언을 했던 적이 있었습니다. 그런데 공부도 일종의 중독이라고 합니다. 이제 불치의 깊은 병이 된 것 같습니다. 나쁜 병에 걸린 것보다는 훨씬 다행이라고 생각합니다. '책만 읽는 바보'로 살아가는 게 무슨 실질적인 공익을 끼치는 일도 아닙니다. 그래도 이런 삶을 바꿀 수는 없습니다. 물론 제게도 '시험공부'는 무척 괴로웠습니다. 하지만 세상의 모든 스트레스가 다 나쁜 것은 아니라고 합니다. 시험 스트레스처럼 일정 기간 후에는 저절로 사라지는 스트레스는 오히려 정신 건강에 도움이 된다고 하니까요.

학교에 다니는 학생만이 시험을 보는 것이겠습니까. 사람의 일생이야말로 온갖 시험의 문을 드나드는 긴 터널입니다. 그래서 "우리의 삶은 열심히 진리를 찾는 기나긴 여정. 우리 영혼이 최상의 경지에 이르려면 내면의 휴식이 반드시 필요"합니다. 『간디의 명상록』에서 읽은 말입니다. 일상의 소요 속에서 유연한 시간이 필요할 때 펼쳐보는 책이 있습니다. 사람마다 휴식 때 취하는 책이 있을 테지요. 어떤 이들은 재미있는 만화책을 보면서 복잡한 생각을 털어낸다고 하고, 슬픈 연애소설을 읽으면서 눈물과 함께 경직된 의식을 느슨하게 풀어버린다고도 합니다. 저마다 알맞은 방법일 것입니다.

"생각보다 강한 것은 없다. 행동은 말을 따르고 말은 생각을 따르기 때문이다. 이 세상은 힘 있는 생각 때문에 유지된다. 그 생각이 힘 있고 순수할 때 그 결과도 항상 힘 있고 순수한 법이다." 이 대목에도 줄이 쳐져 있습니다. 제가 언젠가 여러분에게 공부를 하는 것은 생각의 근육을 키우는 일이라고 강조한 적이 있는데, 바로 이 간디의 어록에서 발췌한 것입니다.

여러분들 앞에서 폼 잡는 말도 사실은 다 책에서 '훔친' 것들이었습니다. 이 책, 저 책, 결국 수많은 말(言)들을 훔치기 위해서 책을 읽는다는 사실도 고백해야 할 것 같습니다.

"도서관에 앉아 수백 권 뜯어먹은 검은 문자들을 밤마다 되새김질하는 그녀. 그윽한 잠향(潛香)이 묻어나길 고대하며 편편이 쌓아올린 종이 제단들." "그녀의 입에선 늘 반추동물의 입 냄새가 났다, 수백 번 되새김질하여 잘근잘근 씹혀진 질료들."

아, 이건 마치 저를 두고 꼬집는 것 같은데요. 유경숙 작가의 일갈인데, 맞습니다, 저는 늘 정보와 지식의 소화불량증으로 끅끅거리며 덜 삭은 교학(敎學)의 유독가스를 뿜어내고는 했습니다. 도서관의 모든 책들을 한 솥에 넣고 푹 고아 먹지 못해 걸신이 들린 책 돼지, 이쯤 되면 정말 병이겠죠. 이어지는 선배 작가의 다그침에 손으로 냄새 나는 입을 가립니다. 아니, 얼굴 전체를 가려야 되겠지요.

"그녀의 입에서는 펄프 냄새가 났다, 반추동물의 그것처럼 아직 덜 여문 풋내가."

인생은 일종의 수습 기간이라고, 간디는 말하고 있습니다. 그 기간 중에 인간은 선한 세력뿐만 아니라 악한 세력에게도 시험을 당한다고 합니다. 왜 이 대목에다 다시 줄을 긋는지, 아마 저도 지금 어떤 시험 중에 있는가 봅니다.

"상상 속에서 적을 만들어내거나 내면의 적과의 싸움에서 무기력해지거나, 그 내면의 적을 아군으로 착각하지 말라"고 저에게 타이르고 있습니다. 아무도 저에게 훈계하지 않는데 책은 이렇게 저를 따끔하게 일깨워줍니다.

수행자의 스승과 세간의 스승도 결국은 그 가르침에 다를 바가 없어야겠습니다.

진정한 스승은 밖에 있지 않고 우리 마음 안에 있다.

밖에 있는 스승은 다만 우리 내면의 스승을 만나도록 그 길을 가르쳐줄 뿐이다.

— 법정, 「수행자에게 보내는 편지」에서

시험공부 하면서 너무 스트레스 받지 말라고 객쩍은 위로를 올립니다(실은 저를 위한 위로겠지요). 여러분들과 함께 더 많은 '희망'에 대해서 얘기하지 못한 것이 아쉽습니다.

제4부

다시 불러내는 사람들

이 멋진 한 세상을

나는 하늘과 땅의 한 끝에 홀로 떨어져서 헤매게 되었다.

— 이려, 「유배 일기」에서

동시대인들, 시절인연(時節因緣)이라던가? 이 세상에 같은 시기에 함께 왔다가 가는 사람들이 있기에 나는 결코 우주바다 속의 고아가 아니다. 아무리 고독하고 우울해도 대문 밖만 나서면 사람들 천지다. 그렇다고 그들이 모두 나의 도반이며 친구가 될 수는 없지만.

하지만 "혼자만 잘 살면 무슨 재미가 있냐?" 하고 책을 낸 사람도 있었다(전우익, 『혼자만 잘 살믄 무슨 재민겨』). '고집쟁이 농사꾼의 세상 사는 이야기'인데 자연의 섭리와 이치를 깨닫고 모든 만물과 융화하는 삶. 그렇다! 더불어 잘 살아야 재미있고 행복하다는 사실을 모르는 건 아닌데 그게 여간 도 닦는 일이어야 말이지. 같은 하늘 아래서 같은 공기를 마시며 산다는 자체만으로 고통을 주는 사람도 분명히 있으니까. 그토록 '웬수' 같은 사람도 결국은 영혼의 먼지가 되어 우주의 사막을 떠돌겠거니 제행무상(諸行無常)인 것을.

"언젠가는 같이 없어질 동시대 사람들과 건강한 가치를 지켜가면서 살아가다가 별 너머의 먼지로 돌아가는 것이 인간의 삶"이라고 한다. 대선 후보였던 안철수 어록의 한 구절이다. 혹시 도통한 양반인가? 이왕 세상에 왔으니 멋있게 살다 가자는 얘기.

"아침에도 멋지고 저녁에도 멋지다!"

정녕 멋지기 때문에 이 세상에 놀러 온 사람들이 있었다. 18세기 후반 조선의 문인 김려와 이옥의 이야기다. 자신의 문학적 자존심을 굽히지 않는 문장을 짓다가 극적인 삶을 살다간 친구의 글을 모아서 문집을 만들어주는 사연도 극적이다.

설흔의 책, 『멋지기 때문에 놀러 왔지』에서는 정조 시대에 있었던 문체반정(文體反正) 사건을 배경으로 두 문장가의 삶의 이야기가 교차된다. 아시다시피 문체반정이 단지 유생들의 문장 표현을 가지고 탄압했다기보다는 당대의 정치 이념에서 비롯된 것. 외래문물 유입을 비롯해 새로운 지식정보에 대한 시대적 요구의 물꼬가 트이는 과도기적인 절차였다고 역사는 늘 스스로를 항변하겠지만. 늘 반성하지 않는 역사의 흐름 속에서 누군가는 꼭 체제의 반역자가 되어야 했으니. 성균관에서 수학했던 절친, 이 두 사람이 운명의 갈림길에서 서로를 외면하며 헤어졌으나 차후에 글로써 교감을 이루는 지점에서 막역지교의 신뢰와 사랑이 회복된다.

김려의 문장이 사도의 글이라 하여 왕에게 내침을 당해 함경도로 유배를 가는 장면에서는, 때가 마침 겨울 이맘때쯤 의정부 다락원을 통과해 양주로 가는 경유지, 그 고독하고 서러운 길에서 지금의 우리

동네를 보는 것 같아 친근감이 더욱 솟아난다. 고작 200여 년 전의 풍습이 고스란히 담겨 있다. 구체적으로 그의 첫 유배는 1797년, 32세 겨울에 벗 강이천의 유언비어 사건에 연루된 때문이라고 전해진다.

그의 저서 『우해이어보(牛海異魚譜)』(1803)는 정약전의 『자산어보(玆山魚譜)』(1814)와 더불어 유배지에서 탄생한 어류학서이다. 1801년, 신유박해(辛酉迫害)에 연루되어 두 번째의 유배지인 우해(마산, 진동면 일대)에 머무른 동안 써냈으니, 역시 같은 연유로 세상에 나올 수 있었던 『자산어보』와 쌍벽을 이룬다. 아, 주옥의 명작들은 고난 속에서 태어난다는 이 세간의 이치여!

> 뒷날에 만약 은전을 입어 살아 돌아가게 된다면 마땅히 농사꾼, 나무꾼들과 함께 일하다 쉴 참에 이것을 보며 멀리 떨어져 있는 남해 바닷가의 풍속과 물산을 이야기함으로써 석양 녘에 피로를 푸는 하나의 웃음거리로 삼으려고 할 뿐 감히 박식한 선비들의 지식에 보탬을 주리라고는 생각지 않는다.
>
> ― 김려, 『우해이어보』에 부치는 글」에서

"유배의 길은 배움의 길이었다." 사상적으로 비교적 온건했던 김려가 유배지에서 나름 신산고초를 겪고는 "방 안에 틀어박혀 음풍농월하는 따위의 거짓된 글 따위는 결코 짓지 않을 터"라고 울분을 토하는 장면에서는 피식 웃음이 나오기도 한다.

한때 나와 가까운 경계의 동시대인들도 그랬었다. 글로써 대단한 사회 참여를 하겠다는 의지가 하도 강해서 그 옆에만 가도 툭툭 부러지는 소리가 들리는 것 같았으니까. 글이 때에 따라서는 무기와 권력이 될 수도 있음을 목도한 사람으로서 우리의 선인 이옥과 김려의 글을 읽으면서 가슴이 서늘해지기도 했다.

김려는 친구 이옥에게서 "글은 물이요, 밥이요, 공기였다"는 사실을 뒤늦게 깨닫는다.

오늘날의 작가 지망생들, 글이 곧 부(富)가 될 수도 있다는 어기찬 희망에 매달리고 있다. 이야기, 글이 곧 돈이다! 나도 이렇게 외치면서 학생들을 채찍질했었다. 순수한 문학도들에게 거금의 문학상금을 운운하며 당근을 던졌던 선생, 그런 내가 참 부끄럽다.

이옥과 김려의 대화를 읽으면서 다시 한 번 제행무상을 되뇌어본다.

"임금이 자네를 왜 그렇게 못마땅하게 여겼는지 알 것 같네. 천 명, 만 명 하나하나에 기울이는 자네의 시선이 마음에 들지 않았던 게야."

"그랬겠지. ……그 달빛 같은 희미한 이념의 힘만으로 세상을 다스리려 했으니까. 하지만 세상을 살아가는 건 언뜻 보면 똑같아 보이나 실상은 하나하나가 다른, 각자에겐 각자가 전부인 사람들이라네."

동시대인으로 만났다가 조금 먼저 간 사람들. 유명인사일수록, 특히 거물급 정치인들일수록 그들의 운명 소식을 접할 때마다 사람도 한 때, 풀도 한 철이라는 평범하기 그지없는 옛말이 새삼 가슴에 와닿는다. "사랑하는 사람도 만들지 말고 미워하는 사람도 만들지 마라. 사랑하는 사람은 만나지 못해서 괴롭고, 미워하는 사람은 만나서 괴롭다"는 선가(禪家)의 말로는 도저히 누를 수 없는 이 수선한 마음.

"이 세상 멋지기 때문에 놀러왔지, 멋지지 않았으면 와보지도 않았을 거"라는 김려와 이옥의 문우지정(文友之情)이 사무치게 그립고 부럽다. 여기, 이옥이 남긴 문장들을 음미하며 내 스스로의 허심함을 깨우쳐보고자 한다.

　　몸은 죽어도 문장은 죽지 않는다. 낮은 것도 그들이 쓰자 높아지고, 자잘한 것도 그들이 쓰자 크게 되어 모두들 제 문학의 신을 저버리지 않는다. 유독 나만이 그렇게 하지 못한다.

　　설령 그들이 나를 능하다고 해도 나는 자신을 믿지 못하겠다. 자초지종을 묵묵히 따져보니 내가 그대를 저버리지 않은 것이 몇이나 되는가?

　　그대 문학의 신은 나를 비루한 놈이라 여기지 말고 바보 같은 성품의 나를 한 번 더 도와서 예전의 습성을 씻어버리게 해달라. 내 비록 불민하나 새해부터는 조심하여 그대를 저버리지 않도록 노력하리라.

—「祭文神文(문학의 신에게 올리는 제문)」에서

벼슬을 못하면 어떻게 살아?

정말로 진실은 어디에도 없다.

— 이이화, 『바람 앞에 절명시를 쓰노라』에서

"가을 등불 아래 책 덮고 옛일 돌이켜보니 문자 안다는 사람 인간 되기 어렵구나." 지식인의 자조와 한탄이 섞인 이 문장은 매천(梅泉) 황현의 「절명시(絕命詩)」의 한 부분이다.

처서가 지나고 추석이 바짝 다가오는데도 가을 운운하기에는 객쩍을 정도로 날씨는 아직 덥다. 그러나 매년 8월 29일이 돌아오면 으스스하게 한기가 느껴지는 건 초등학교에 입학해서 국사라는 과목을 배운 이후부터 생긴 연례적인 증상이다.

경술국치 100년이 되는 해여서인지 더욱 뼈가 시리다. 관념적인 애국은 누구에게나 가능한 일. 거대 담론으로 목청껏 핏대를 세우는 일만큼이나 수수한 것을 혼자 사부랑거리니 이런 '애국'이야말로 무미건조한 취미 생활의 일종인가.

1910년 8월 29일, 경술국치, 나라의 주권이 완전히 남의 손에 넘어

갔다는 비보를 접한 매천은 자결하기 전에 「절명시(絶命詩)」 4수를 남긴다. 기록에 의하면 그는 1910년 9월 10일경에 생의 종지부를 찍었다. 그러니까 매천에게 그 열흘간은 간담이 썩어지고 골수가 녹아지는 극도의 통절한 시간이었던 것이다.

올해는 바람도 사무쳐서 이 기간에 태풍이 두 개나 지나간다. '곤파스'가 지나가니 '말로'가 온다. 우리 인간들은 자연현상인 강풍 앞에서야말로 평등하게 혼비백산을 겪는다.

매천이 남긴 저작 『매천야록』은 구한말 시대의 45년 남짓 동안의 실록이다. 그 방대한 역사책을 들었다 놨다가를 반복하다가 역사학자 이이화의 『바람 앞에 절명시를 쓰노라』를 읽었다. 이 시대의 내로라하는 역사학자는 "정말로 진실은 어디에도 없다"는 역설의 서문을 쓰고 있다. 이 책에는 개화기 때 처세를 달리한 인물들이 여럿 등장한다. 격동기 속에서 대조되는 인물들의 행적을 보노라면 지금의 형세와 별반 다를 것도 없다.

어떤 시대에도 세상과 팽팽하게 맞서거나 시류에 영합해버리는 두 부류의 인간 군상들이 있기 마련이다. 이도저도 못 되고 그저 자신의 몸 하나쯤 세상에 의탁하기에 급급한 '나 같고 너 같은' 인간들도 그 두 경계의 사이에 끼어 있기 또한 마찬가지.

인사 청문회 뉴스를 보면서 혹시나? 기대했지만, 역시나 시류에 야합해서 '제 것 챙기기' 위한 메뉴를 슬쩍했던 고위급 인사들이 단풍도 물들기 전에 우수수 낙엽이 되고 만다. 뭐, 그들이 꼬불쳐놨던 메뉴판을 보니까 특별한 것도 별로 없다. 알 만한 사람은 다 알고, 할 만한 사람은 다 하는 그런 '수법'들이었다. 모욕이 준비되었을 때 인생이 비로소 시작된다고 했던가. 잠깐의 곤혹만 참으면 권력의 문이 바로 열릴 텐데 너무 깐깐한 민심이 야속했을 것이다.

매천은 과거시험에 장원급제하였으나 촌 선비라는 이유에서 차석으로 '바꿔치기'를 당한 후에 낙향하였다.

"벼슬을 못하여 조그만 공도 없으니/다만 인(仁)을 이룰 뿐이요, 충(忠)은 아니로다." 매천의 「절명시」는 당시의 선비들이 베껴서 외우는 애송시가 되었다고 한다. 지금의 세인들 중에서 혹자는 어쩌면 이렇게 반문할 수도 있겠다. 벼슬하여 떵떵거리고 살면 그만이지, 인은 다 무엇이고 충은 다 무엇이란 말이오?

"난리 속에 어느덧 백발의 나이/몇 번이나 목숨을 끊으려다 이루지 못했도다./이제는 참으로 어찌할 수 없구나/바람에 날리는 촛불이 높은 하늘 비추네." 매천에게도 목숨은 하나뿐이었다. 어둠 속에 엎드려 홀로 절치부심했을 우국지사의 그 순정한 새벽의 시간을 어찌 가늠할 수 있을까?

"약을 먹을 적에 입에서 뗀 적이 세 번이었구나. 내가 이렇게 어리석은가?" 매천은 숨이 끊어지기 직전에 아우에게 이같이 고백하는 말을 남겼다. 지사(志士)이기 전에 지극히 인간적인 그의 모습을 엿볼 수 있는 대목이다.

그렇다고 범부, 필부는 아무나 하나? 김남조 시인의 말마따나 "사랑만으로 결코 배부르게 못 해줄 지금 세상의 사나이들", 그래서 어떤 사람들은 사랑이라는 다른 이름의 편법으로 제 자식 먼저 챙기다가 패가망신당하고, 제 안식구 감싸다가 조롱이나 당한다. 아, 미친……

그러니까 미쳐도 곱게 미쳐야지. 자기 세계의 탐닉으로 불광불급(不狂不及)을 이룩한 조선 후기 지식인들, 학문에 심취해서 세상과 담을 쌓은 그 '덕후'들의 똥고집을 파헤치는 저자가 있다. "누구에게나 자신의 시대는 자못 격정이다." 우국지사는 물론이요, 공명과 출세가 우선인 위정자들도 불끈 피가 끓는 당대를 살아간다. 다만 "이 격정 앞에서 온몸을 내던져 맞부딪쳐나가는 사람이 있고, 못 본 척 고개를 돌려버리는 사람이 있을" 뿐.

> 뼈아픈 시련을 자기 발전의 밑바대로 삼아 용수철처럼 튀어 오른 사람과, 한때의 득의가 주는 포만감에 젖어 역사에 흔적조차 남기지 못한 채 스러져버린 사람도 있다.
>
> ─ 정민, 『미쳐야 미친다』 서문에서

당시 지식인의 눈으로 본 사회의 모습이 진하게 담겨 있는 『매천야록』은 매천이 관직에 나가지 않았기에 이룩한 업적이다. 이러저러한 연유로 공직에서 하차하는 분들 중에는 개인적인 역량이 대단하신 분들도 많은 줄로 안다.

그런 분들, 부디 시대의 협량만을 탓하지 말고 공사를 초월하여 완성된 삶의 길로 나가시기를 바란다. 너무 공허한 요구사항인가?

죽은 게 아녀!

여러분들도 나와 같은 일생을 살았더라면 아마 기억하지 못할
겁니다.
　　　— 정신대할머니와함께하는시민모임, 『버려진 조선의 처녀들』에서

나는 한때, 운전을 배우다가 내가 왜 한국에서 여자가 운전하는 이
시대에 태어나 이 역경을 감수해야 하는가, 한탄하기도 했었다. 그때
여성 운전 교육생에 대한 운전 교관들의 횡포는 사회적인 문제가 됐
을 정도로 심각했었다. 지금으로부터 30여 년 전의 이야기다. 그보다
더 훨씬 오래전에 태어났더라면, 만일 내가 1940년대에 이팔청춘의
여성으로 살고 있었다면?

　8 · 15 광복절을 정점으로, 폭염도 어김없이 한풀 꺾이고 말더라는
사실을 상기하면 내 긴 여름날은 그날을 학수고대하며 견디고는 했
다. 그러니까 내게 광복절이란 아주 사적인 범주로서 우선시되는 기
념일이고는 했다. 나 같은 '개인주의자'들에게까지 속속들이 '꽃할머
니'들에 대한 관심을 유발시키기에는 턱없이 부족했던 국력을 감안하

그 사람, 그 무늬들

여 개인 단체들이 진즉 더 거들고 나섰어야 했다. 이미 늦었지만, 더욱 늦기 전에.

"꽃이 좋지. 마냥 내 자식 같어. 난 이 눌러서 말린 꽃이 죽었다고 생각 안 혀. 줄기가 꺾이고 물기가 말라비틀어졌지만 오히려 색깔이 더 곱고 생화보다 오래 가잖어. 죽은 게 아녀."

1940년(13세)에 일본군 위안부로 끌려갔던 심달연 할머니가 2005년(당시 79세), 모 신문사 기자와 인터뷰 중에 한 말씀이다. "원예 치료 받는 일본군 위안부 피해자"라는 제목의 뉴스였다. 그 후로도 심달연 할머니의 소식은 간간히 전해졌다. 꽃누루미(압화) 원예작품 전시회 소식도 몇 차례 있었고, 2010년에는 『꽃할머니』 책으로 화제가 되었다.

언니와 함께 들에 나물 캐러 갔다가 끌려가는 상황묘사로 시작되는 '꽃할머니' 이야기는 살이 떨린다.

"들판엔 아무도 없었다. 멀리서 커다란 트럭이 다가왔다. 군인 둘이 차에서 내리더니 소쿠리를 발로 툭툭 차면서 언니에게 차에 타라고 했다."

여기까지는 마치 '야타족' 일명 '오렌지족'의 행태를 연상케 한다. 그러나 "군인들이 꽃할머니를 발로 차버리고 언니의 머리채를 잡아 끌어 차에 태웠다." 꽃할머니가 언니를 부르며 울자 군인들이 꽃할머니도 차에 태웠다는 대목에 이르면, 이건 바로 인간 사냥꾼이다.

심달연 할머니의 증언을 바탕으로 하여 만들어진 이 책은 한·중·일 평화 그림책 프로젝트의 첫 번째로, 일본에서도 우여곡절 끝에 출간이 확정되었다고 했다.

직접 그림을 그리고 글을 쓴 권윤덕 작가는 이 땅의 여성으로서 오랫동안 빚진 마음으로 괴로워했었다고 제작의도를 밝히고 있다. '환향녀', '정신대' 이런 단어들은 오늘날 대한민국 여성들에게 마음의 족쇄가 되고 있다. 시대와 민족을 넘어서 국란이 있을 때마다 아녀자들이 치르는 희생은 역사 속에서 비일비재하다.

2004년에 출간된 『버려진 조선의 처녀들』, 또 가슴을 할퀸다. '정신대할머니와함께하는시민모임'이 펴낸 이 책에서는 열여섯 살에 끌려간 이남이 할머니의 사연이 주축이 되고 있지만, 서두의 '다시 살아나야 할 사람'들의 명단에는 100여 분의 실명이 들어 있다. 이것은 아직까지 이름을 제대로 찾지 못한 "조국이 찾지 않는 버려진 사람들, 우리가 복원해야 할 사람들"에 대한 헌사이기도 하다.

어느 봄날 사람들이 집에 들이닥쳐 '이남이'를 불렀다. 저승사자가 어린 소녀를 벌써 부르러 온 것일까? 빨리 가자고 재촉하는 일본 사람에게 왜, 어디로 가는지 물을 수 없는 남이는 자신이 가지 않는다면 집안에 어떤 해가 돌아올 것을 직감하고, "울면서 가방 속에 옷과 사진을 몇 장 집어넣었다."

이남이 할머니가 그 '부름'에 순명하는 그 순간은 55년간의 긴 유배의 세월로 이어졌다. 다시 고국 땅을 밟기까지 오직 살아남기 위한 전쟁을 홀로 치러야만 했던 그분은 자신의 가족사와 모국어를 잊어버린 것을 이해하지 못하는 기자들에게 항변한다. "여러분들도 나와 같은 일생을 살았더라면 아마 기억하지 못할 겁니다." 그리고 "다시 태어난다면 남자가 되고 싶습니다."

인도네시아 밀림 속 종군위안소에서 살아 돌아왔으나 고향집 아버지가 무서워 장터 국밥집에 부엌데기로 들어갔다가 한 남자를 따라나선 또 한 사람의 위안부. 그 사연이야 뻔할 뻔 자! 그 집에서 실컷 종살이하다가 덜컥 그 쥔 남자의 애를 배었다.

"사람들은 어머니와 나를 이 집안사람으로 인정하지 않았다죠."

시인의 입을 빌려 드디어 그 아들 사모곡을 바치고 있다. 아마 그 시인, 그 아들에게 감정 이입돼서 울면서 썼을 것이다.

> 어린 아들인 나까지 그 비밀을 알고 있다는 사실을 알고는 정자나무 가지에 새끼줄을 매고 흰 고무신을 몇 번이나 벗었다죠. (……) 사망신고를 하려보니 당신은 호적에 오르지도 못한 나의 동거인이고 호주는 이 세상에 없는 외할아버지셨죠.
> — 황인산, 「동거인 신원」에서

인간에게는 과거의 상처를 감추고 애써 덮어버리려는 속성이 있다. 가해자들은 더욱 과거의 사실을 극구 부인하거나 타인에게 전가시켜서 날조하려는 추악한 경향이 있다. 원초적으로 불완전한 인간 존재라지만 아직도 끝나지 않고 복제되는 유사한 '환란' 앞에서는 그 어떤 최고의 선이나 이상, 이념 같은 것은 그저 공염불일 뿐이다.

"사람들이 꽃 보고 좋아하듯이 그렇게 서로 좋아하며 살았으면 좋겠다"는 소망을 밝히며 열세 살 고귀한 꽃으로 다시 태어난 심달연 할머니(책 출간 6개월 후 2010년 12월 작고), 이남이 할머니같이 지

죽은 게 아녀!

금은 고인이 되신 분들. 그 모든 분들은 결코 '죽은 게 아녀!'

역사 속에서 영원히 피어날 생화, 한 송이 꽃들이여!

실지로 '희움(희망을 모아 꽃피움)'이라는 상품명으로 판매되는 제품들이 있다. 심달연 할머니를 비롯하여 원예 치료를 받은 '그분'들의 작품을 모티프로 한 어여쁜 꽃무늬가 새겨진 핸드폰 케이스와 각종 파우치(작은 가방), 머리띠 등. 특히 희움의 핸드폰 케이스는 유명 여자 연예인이 사용하여 현재 인기 폭발이다. 화무십일홍(花無十日紅)? 아니, 화유천년홍(花有千年紅)이다!

그러니까 "죽은 게 아녀." 아, 꽃할머니들, 다시 피어나 연년세세 백화만발하세요.

백수광부의 처가 아직도 살아 있다니

아무르, 아무르
애인은 물이 되어 흐르고

— 박덕규,『안녕, 아무르』에서

암전된 무대를 지척에 두고 서서 "아무르, 아무르"라고 되뇌어보았다. 아무르 강을 배경으로 찍은 사진을 여자의 휴대폰에 남겨놓고 사라진 그 남자는 아무래도 영영 여자에게 돌아올 것 같지 않다. 그 여자의 남자는 저 고조선 시대의 사람이었던 백수광부의 화신이 틀림없음이리라. "물을 사랑해"서 스스로 "물이 되어 흐르고" 마는 애인을 가진 여자는, 그렇다면 백수광부의 처가 아닐까.

"아무르, 아무르". 어쩐지 그건 아무도 모른다는 조용한 넋두리일지도 모른다.

여자의 그 남자는 왜 물을 그리려고 고집했을까.

『안녕, 아무르』의 책표지이면서 극중 무대 배경에 걸렸던 그 푸른 강물 그림 속에서 머리를 풀어헤치고 술병을 든 채로 거친 물살 속으로 미친 듯 걸어 들어가는 한 남자의 실루엣이 자꾸만 되살아난다. 고대 그리스 신화의 디오니소스와 로마 신화의 바쿠스에 비견되는 우리의 백수광부 역시 주신의 경지에 오른, 오늘날로 치자면 피가 뜨거운 예술인이 아니었을까.

여자의 그 애인은 아마도 강을 스케치하던 몰입지경에서 그 강물 속으로 빨려들어 갔으리라. 물살이 거세지면서 강둑까지 차올라 자신의 몸을 덮쳐 와도 그는 그림을 멈출 수 없었으리라. 물살 위로 떠내려가는 그림을 건지려고 그는 기어이 강물 속으로 뛰어들었으리라. 마침내는 미친 듯이 부르짖으며 물살에 자유로이 몸을 맡겼으리라.

『안녕, 아무르』, 극의 진수는 두 남녀의 별리 이야기가 교차되면서 살아난다. 책으로 출간된 극본을 먼저 보면서 "인간에게는 영원히 채울 수 없는 사랑의 자리가 있다"는 작가의 말에 미리 방점을 찍어놓아서였을까. 각자의 연인을 품고 사는 '남자와 여자', '강물'의 상징성, 우둔한 제자가 선사로부터 내리받은 공안(公案)에 들듯 극을 보는 내내 이 두 가지 화소에 매달리게 되었다.

실종된 연인을 찾기 위해서 유랑인이 된 한 남자와 한 여자의 국경을 넘나드는 노정은 21세기 한국형 순애보의 스토리텔링이다. 탈북새터민 남편과 화가 애인을 둔 여자는 '강물 트라우마'라는 공통된 내상을 지닌 인물들이다. 작가는 자신의 '아주 오래전' 시 「란강의 추억」과 「애인은 물이 되어 흐르고」가 극의 모태가 되었다고 밝히고 있다. 그렇다면 이는 우리 문학에서 하나의 원형질이 된 물(강) 이야기의 재현이라고 할 수 있겠다. 남자의 아내는 두만강을 건너 북한을 탈출하는 중에 실종되었고 여자의 애인은 강물을 그리다가 실종된 것으로 추정된다.

우리의 고전 시가 「공무도하가(公無渡河歌)」의 작자는 곽리자고의 아내인 여옥이라는 여성으로 전해진다. 공무도하(公無渡河, 당신 물을 건너지 마세요), 공경도하(公竟渡河, 당신 기어이 물을 건너셨네)로 이어지는 가사는 사실인 즉 백수광부의 아내가 비통하게 외치는 장송곡이다. 타하이사(墮河而死, 물에 빠져서 죽으니), 당내공하(當奈公河, 가신 님을 어이하리). 물에 빠져 죽은 남편을 따라 죽을 수밖에 없는 여인의 절절한 심정이 실려 있는 이 통한의 노래는 그 '죽음'의 목격자일 뿐인 뱃사공 곽리자고와 그의 아내가 모사하여 세간에 퍼뜨려 후세에까지 전해지고 있는 것이다.

그 사연이야 어떻든 간에 죽음까지 불사하는 백수광부와 그의 처, 그들의 죽음을 빤히 바라볼 수밖에 없었던 곽리자고(藿里子高, 곽리에 사는 자고)라는 사람은 정녕 오늘날의 우리의 모습은 아닌지, 서울 근교에 살고 있는 '나'라는 사람이 아닌지?

아직도 끝나지 않는 이 불안한 실존의 동세대로서 "가시화된 인간 복제 시대의 원초적인 인간 불안 등 뒤숭숭한 현실의 부조리함을 직시하는 것이 깨친 자의 운명"이라고 작품 의도를 밝히는 작가 박덕규야말로 그 '신비화'된 백수광부의 의문의 죽음을 세상에 '보고'했던 고조선의 곽리자고와 같은 오늘날의 '뱃사공'이 아닐까.

아내를 찾아 헤매는 새터민 남자는 누구인가? 강에서 실종된 아내를 찾아나서는 그도 역시 「공무도하가」 속의 백수광부쯤은 되지 않을까. 그토록 간곡한 아내의 만류를 뿌리치고 물에 빠져 죽음으로써 결국 아내까지 뒤따라 죽게 만든 전생의 업보로 인해 그는 현생에서 아내를 '강에서' 잃어버리는 역지사지의 삶을 살고 있는 게 아닐까. 극중에서 각각의 상대를 잃은 남녀 인물의 대칭 배치는 묘하게도 처지가 뒤바뀐 '백수광부 부부'의 이야기로 환원되고 있다.

새터민 남자, 그는 미술품 애호가이면서 중국과 북한의 골동품을 밀수입하여 한국에 공급하는 일로 호구지책을 삼고 있다. 강물 그림을 수집하는 그 역시 물과 매우 친화적인 인물이다. 목숨을 걸고 사선을 넘던 도중에 잃어버린 아내가 어딘가에 살아 있으리란 희망을 버리지 않는 그에게 강물은 구원 의지의 표상물이 아닌가. 극중의 무대 배경이 되고 있는 강물은 생성과 치유, 환원의 의미를 지니고 있기에 강에서 실종된 연인들을 찾아 헤매던 남녀 주인공이 러시아의 하바롭스크 아무르 강변에서 우연인 듯 만나는 설정이야말로 '극의 운명'이 아닐까 싶다. 한국의 미술품 경매장에서부터 중국 베이징의 유리창 거리, 아무르 강에 이르기까지 그들의 조우는 기어이 만나고야 마는 합수(合水)처럼 이루어진다.

작가는 오늘날 한국과 북한으로 분단된 나라의 이웃인 중국과 러시아까지 무대 배경을 확장시킴으로써 동북 북방 3국의 역사와 문화를 남녀의 러브 스토리에 짜임새 있게 차용하고 있다. "사랑은 과연 누구에 의해 어떻게 채워질 수 있는 것일까? 그 사랑은 어쩌면 영원히 채워지지 않을지도 모른다"는 우문현답식 테제로써 경제 위기와 국제사 변동에 따른 가족의 이산, 자본주의적 삶의 불균형 문제를 제기하고 있다.

뮤지컬 〈안녕, 아무르〉는 국내 뮤지컬 발전의 한 대안이 되고 있는

그 사람, 그 무늬들

'소극장 뮤지컬'이라는 새로운 장르의 구조 형식을 취하고 있다. 따라서 평면적인 극의 전개로 인한 단조로움을 우려할 만했으나 이는 역시 기우에 지나지 않았다는 관전평들이 여러 매체에 실렸다. 이처럼 막강한 힘을 지닌 미디어의 시대적 요구를 작가를 비롯한 극 제작자 여러분들은 어떻게 수용할지, 다음번의 그 유쾌한 응수가 벌써부터 자못 궁금해진다.

강물처럼 걷기

두렵고 불안한 모든 것들은 머물러 있을 때 만나는 것들이었지,
흐르는 길에서 만나는 것들은 아니었다.

— 박범신, 『고산자』에서

어디나 길은 있다.

길은 '걷다'라는 동사가 전제되는 명사이다. 물론 물길이나, 바람
길, 뱃길, 자동차 길도 있지만 두 발로 걷는 직접적인 인간의 행위와
연결될 때 길은 가장 길답다.

현대인들은 건강을 위해서 일부러 걷지만, 한때는 두 다리의 근육
을 쓰며 걷는 인간의 가장 기본적인 동작이 빈부(貧富)의 차이를 가늠
하는 잣대가 되기도 했었다. 대문 앞에서부터 땅을 밟지 않고 자동차
를 타고 다니는 '마이카족'을 신분 상승의 표상쯤으로 여기던 우리들
의 자화상을 들여다보자면, 우리 스스로가 우리의 신체에 대해서 얼
마나 불경스러웠던지.

우리 문학작품 속에서 1920년대 현진건의 「운수 좋은 날」의 김 첨

지, 이 사람의 알통 굵은 건장한 두 다리야말로 인간의 신체 중에서도 충분히 존엄성을 지닌 부분이 아닐까.

인력거, 사람을 태운 손수레를 끌고 하루 온종일 발바닥에 불이 나도록 달려야 했던 고달픈 삶의 이야기는 한국의 자동차 산업을 발전시키는 데 견인차 노릇을 했는지도 모른다. 문학 전공자의 한 사람으로서 아전인수(我田引水)격으로 말하자면, 이야말로 문학이 산업에 기여한 적지 않은 공과라 할 수 있겠다.

미국의 시인 로버트 프로스트는 두 갈래 길에서 사람들의 발자국이 많지 않은, 보다 원시적인 길을 택하였기에 인생에서 모든 것이 달라졌노라고 회상한다. 아무도 '가지 않은 길'을 간다는 것은 사실 두렵고 불안하다. 그래서 태초에 길을 걸어간 사람, 즉 '세상의 길'을 낸 사람들을 우러러 우리는 그들을 선각자, 선구자, 또는 선지자라고도 일컫는다.

박범신의 소설 『고산자』는 선구자였을 김정호의 삶을 그리고 있다. 거미줄 같은 도로와 철도망뿐만 아니라 숙소와 식당까지 세세한 지도 덕분에 무거운 배낭을 메고도 낯선 나라의 시골 구석구석까지 헤집고 다닐 수 있고, 게다가 지나치게 친절한 지도 '구글 맵' 시대에 어쩌면 대동여지도의 제작자인 김정호는 케케묵은 고전 속의 한 인물로 인식될지도 모르겠다.

"돌아 흐르는 물길도 있고, 갈라져 흐르는 물길도 있고, 한데로 어우러져 흐르는 물길도 있고, 흐르다가 말라버려 화석처럼 남는 물길"이 있다는 사실을 잘 아는 그는 산과 물의 맥을 짚어서 사람살이에 유용한 지도를 만들고자 길에서 떠돌았던 캐릭터로 그려지고 있다. 사람의 삶도 물이 흐르는 것과 같기에 유랑 인생이라고 하지 않던가.

　4대강의 물길을 '안내'하겠다며 맹렬한 삽질이 시작될 때 나는 고산자라는, '고난자'의 대명사 같은 그의 이름을 새삼 떠올려봤다.

　"함께 흐르는 느낌으로 보는 모든 것은 서로 경계가 없이 한통속이 되고" "두렵고 불안한 모든 것들은 머물러 있을 때 만나는 것들이었지, 흐르는 길에서 만나는 것들은 아니었다"는 고산자의 진술. 이는 두 갈래의 갈림길에서, 혹은 출구가 보이지 않는 막막한 길에서 자신의 길을 찾아나가야 하는 사람들에게 일종의 바이블 같은 말씀이지 않을까. 어쨌든 현실적으로 강 길을 따라 하염없이 걷던 낭만 같은 건 사라진 지 오래다.

　　　강에서 사는 사람들은 강을 닮아 간다
　　　그물을 올리며 그들은 자기 가슴에 남은 양식을 확인한다.
　　　인자한 아버지처럼 칭얼대는 물의 투정 위에 돛대를 풀어놓고
　　　말없이 강바닥을 넓혀가는 그들
　　　그물을 따라 자주 세월의 아픈 흔적도 따라 올라와
　　　멀리 유전하는 구름 한번 바라보며 고개 숙이면
　　　사무친 물속 깊이 올라오는 물방울들은
　　　무슨 말을 하고 싶은 것일까.
　　　　　　　　　　　　　　　　　　── 권대웅, 「양수리에서」에서

　근래의 출판계에서 '뚜벅이족'의 원조는 아무래도 '좀머 씨'가 아닐까 싶다. 하루 종일 오로지 걷는 일로 남은 생을 보내다가 종내에는

홀연히 호수 속으로 걸어 들어가 삶을 마감한 사람. 그가 우리에게 남긴 건 "제발 좀 나를 그냥 놔두시오!" 이 한마디였다.

평생토록 쓰고 다니던 밀짚모자만을 수면 위에 종지부처럼 띄워놓고 사라져간 사람, 『좀머 씨의 이야기』는 우리에게 한동안 은둔자적인 삶에 대한 동경을 품게도 했었다. 그는 왜 그렇게 걸어야만 했는가? 밀폐 공포증 환자이기 때문에 집 밖으로 나와서 걸어야만 한다는 사실은 매우 표면적인 이유이고, 진정 그가 우리에게 던지는 메시지는 '그냥 그대로 가만히 두시오'라는 자연의 울림 같은 것이 아닐까.

고산자도, 좀머 씨도, 물처럼 자신의 길을 알아서 잘 가고 있었는데 세인들은 너무 친절하게도 그들에게 이정표를 세워주려고 하지는 않았는지. 강물들도 좀머 씨처럼 "제발 좀 나를 가만 내버려달라"고 부탁하고 있는데 혹시 우리가 그들의 외침을 외면했던 것은 아닌지. 그때 한 번 더 귀를 기울여보았더라면 어땠을까.

두 여행

우리가 자루가 되어주지 않는 한 쇠는 결코 우리를 해칠 수 없는 법이다.

— 신영복, 『나무야 나무야』에서

여행하기에 좋은 계절이지만 작가 김훈이 통탄하는 것처럼 '밥벌이의 지겨움'에 묶인 보통 사람들은 단풍놀이 한 번 가는 것도 사실 쉽지 않다. 책이 곧 밥의 반열에 같이 놓일 수밖에 없는 처지인 나 역시 책장이나 넘기면서 주말을 보낸다.

『밥벌이의 지겨움』이란 솔직한 제목에서 파동치고 있는 그 처연한 울림을 듣는다. 오랜 기자 생활 끝에 전업작가가 된 그 사람은 '밥의 비애'에 진저리를 치면서 햇빛과 물만으로도 "자신의 생명 속에서 스스로 밥을 빚어내는 나무"들에게 탄복하며, 세상의 근로감독관들에게 부탁하고 있다. 인간들에게 열심히 일하라고 채근만 하지 말고 좀 쉬라고 말해달라고. 이토록 밥벌이의 혹독함에 대한 사무친 심정을 털어놓고 있는 그의 역설은 이미 은빛 바퀴를 밀어 올리면서 산하를 종

그 사람, 그 무늬들

단하던 시절 그 이전부터 억눌려왔던 억하심정을 풀어놓은 것이리라.

새는 맨입에 벅여주시면서 인간은 맨입에 먹여주시지 않는다는 그의 투정 아닌 투정을 들노라면 나도 그처럼 저 허공을 향해서 어린아이같이 한번 따지고 싶은 심사가 절로 든다. 맨입으로 놀고먹는 것만 같은 나무에게 복 받은 존재라고 부러운 시선을 던지면서도 봄날 새잎이 돋는 나무들을 볼 때는 늘 마음이 아프다는 그를 따라서 『자전거 여행』에 동행해본다.

그보다 먼저 "나무야 나무야" 하며 화두를 던지듯 진중한 걸음으로 세상을 살피고 있는, 그야말로 옥중서신 같은 필치의 신영복의 책도 대동하고서. 묘하게도 두 여행기의 겹치는 부분에서 나는 그만 길을 잃은 듯 한참을 주저앉아 있어야만 했다.

김훈이 섬진강 상류의 마을에다 자전거를 부려놓은 채, 고향을 떠났던 사람들이 망가진 삶을 떠안고 다시 돌아와 살아가는 사연들을 며칠씩 듣고 있을 때, 신영복은 벚꽃이 흐드러진 섬진강 나루에 앉아서 옛날 어느 주모가 팔았다던 '물 탄 술'과 옛 친구가 팔았던 '물 탄 피'의 아픈 사연을 풀어놓고 있었다.

"없이 사는 사람들의 부정은 흔히 그 외형이 파렴치하고 거칠기 마련이지만" 그들에게 합법적인 불법을 저지를 능력이 없기 때문이라고 옹호하는 선생의 도량 깊은 역설도 '밥벌이의 지겨움'과 같은 선상의 '억하심'이 아니겠는가. 이처럼 두 여행자들이 펼쳐내는 그림은 내 머릿속에서 시차의 구분 없이 데칼코마니처럼 포개지고는 했다.

신영복은 태백산맥의 울창한 소나무 숲에서 오래전에 베어져 나간 금강송을 보며 헌시를 바치듯 쓰고 있다.

처음으로 쇠가 만들어졌을 때 세상의 모든 나무들이 두려움에 떨었다. 그러나 어느 생각 깊은 나무가 말했다. 두려워할 것 없다. 우리가 자루가 되어주지 않는 한 쇠는 결코 우리를 해칠 수 없는 법이다.

김훈은 마지막 가을빛이 머물고 있는 태백산맥의 끝자락, 아이들이 없어서 이미 문을 닫은 어느 분교의 운동장에 혼자 서서 '푸른 내일의 꿈을 키우자'는 교훈을 읽고 있다.

그러자면 신영복 역시도 남도의 폐교된 작은 초등학교에서 칠판에 남아 있는 떠나간 아이들의 낙서를 보며 "어디엔들 바람이 불지 않으랴, 어느 땐들 눈물 흘리지 않으랴"라고 〈사나이 가는 길〉의 노래 한 소절을 들려주며 파란만장의 인생유전을 회고하고 있다.

그리고 또 신영복이 여름 장마 속 짙은 안개에서 깨어나는 무등산을 보고 있다면, 김훈은 봄의 한날 망월동 묘역 한귀퉁이에서 무등산을 부르며 죽어가던 이들의 묘비명을 읽고 있다.

그곳은 "무등(無等)의 산, 곧 평등(平等)의 산"이며 "평등이야말로 자유의 최고치"라고 일깨워주는 큰 어른의 메시지와 "이 목발 때문에 나는 세상과 이웃을 이해하고 사랑할 수 있게 되었다"고 들려주는 망월동 묘역 앞의 작은 꽃가게 아저씨의 답변은 내게 평등한 울림을 주었다.

만만한 삶의 이력을 지닌 두 선객들의 여행기를 읽고 나니 내 발로 직접 떠난 듯 몸과 마음이 욱신거렸지만 그 '여행'의 뒤끝은 더없이 상쾌했다. 단풍아, 단풍아! 애달픈 임 부르듯 갈팡거리던 심사를 털고 서늘한 기운을 흠향하듯 심호흡을 해본다.

허나, 나날이 싶어지는 만산홍엽에 누군가의 못다 한 의지와 투혼이 깃들었으리라는 색깔론을 뒤집어씌우는 감상은 너무 낡아버렸으니 단풍놀이 행렬의 뉴스를 볼 때마다 또 조석변개(朝夕變改)로 싱숭해지는 마음. 나도 좀 끼워달라고 여기저기 '톡'을 날려본다. 남이 장에 간다고 거름 지고 따라간다는 속담이 괜히 생겼을까.

그래도, 경주에 간다

헌헌장부는 다 어디로 갔나?

— 강석경, 『강석경의 경주산책』에서

경주는 학창 시절 수학여행 이후로 늘 다시 가고 싶은 곳이었다.

"고향은 육신이 태어난 물리적 장소가 아니라 영혼이 안주할 수 있는 장소이다."

그렇다. 많은 이들이 마음 둘 곳 한 군데쯤이 필요할 때 고향을 그리워한다. 도시 전체가 거대한 어머니의 젖무덤처럼 부드럽고 완만한 능원들로 이루어진 경주는 만인의 고향이 되고 있다.

『강석경의 경주산책』은 작가가 방랑자처럼 많은 국외 여행을 한 후에 비로소 모성의 품에 안긴 듯 경주에 안착하여 펴낸 책이다. 그는 고대와 현대가 공존하는 경주에 매료되었고 영감을 받았다고 했으니 행복한 작가이다.

웬만한 지방도시는 거의가 개발 열풍에 휩싸여서 이제 현대인들에게는 고향이 고향 같지도 않다. 그래서 경주는 우리에게 더욱 위로가

그 사람, 그 무늬들

되는 고장이다. 대릉원을 둘러본 뒤에 경주의 특산물이 되다시피 한 황남빵을 사려고 줄을 서서 기다리는 일도 경주 여행에서 맛보는 소소한 즐거움일 것이다. 그러나 강석경은 "폐허의 황룡사지와 계림 숲을 거닐며 자신의 원형을 발견하고, 달팽이집 같은 일상에서 벗어나 근원으로 돌아가는 순간을 맞도록" 권하고 있다. 그는 우리 민족 총체의 고향으로서 경주라는 공간에 더 무게를 두고 있다. 그렇거니, 독자 여러분들은 너무 진지한 경주 답사라고 속단하지 마시길!

"헌헌장부는 다 어디로 갔나?" 작가는 궁궐 안의 연못이었던 월지(안압지)의 수면 위에 어리는 신라 화랑들의 환영을 보면서 쓸쓸해한다. 헌헌한 상남자는 TV 사극 드라마 속에서나 볼 수밖에.

삼국 통일의 위업을 이룩하고도 명계로 돌아간 뒤에는 영웅도 한무더기 흙더미가 되니 공연히 인력을 수고롭게 하지 말고 불로 태워 장사지내라는 유언을 남겼다는 문무왕. 그 대목을 읽다가 요즘 고(故)모 인사의 '국립묘지 안장' 논란을 떠올리게 된다. 아, 어떤 인재는 살아서도 죽어서도 계속 문제를 낳는다.

'죽음 체험'에 대한 뉴스를 보았다. 유서를 쓴 후에 수의를 입고 관속에 들어가 30분 동안 '죽어' 있다가 나오는 가상 체험 프로그램인데, 촬영장이 진짜 장례식장 같다. 잠시 죽었다가 살아난 사람들은 한결같이 살아생전에 '잘할 것'을 맹세한다. 삶에도 죽음에도 연습이 있다면, 누가 가슴을 치며 후회하는 생을 살까.

강석경 작가도 경주 봉황대 능 앞을 지나가다가 저 안에 누우면 얼마나 고요할까, 하고 무덤 속을 상상한다. 높으신 왕들만 계시는 그

속은 더없이 고절한 지복천년의 세상인가? 『강석경의 경주산책』과 짝을 이루는 또 하나의 경주 이야기, 『능으로 가는 길』에서 작가는 고요히 사색하고 성찰한다.

"현실과 시간 앞에 의연할 수 있는 법을 가르쳐준 것은 경주의 고분들이다." "묻힌 자의 욕망과 회한도 육신과 함께 스러지고 부장품들만 불멸의 꿈처럼 세월의 지층에 박혀 있는데, 고분 곁을 지나다니며 기다림을 배울 수 있었다."

전설과 신화가 한데 어우러진 역사의 도시에서 필시 우리의 삶이 어디까지가 꿈이고 생시인지, 몽환 속을 한 번 헤매는 체험도 좋으리라. 그리고 천여 년 전의 연인들, 그 시원의 러브 스토리를 다시 들으며 단속적인 금생의 삶의 무정함에 쓸쓸히 웃어볼 일이다.

선덕여왕을 사랑한 지귀의 순금 팔찌와 아사달을 그리워한 아사녀의 잃어버린 그림자가 서라벌의 밤하늘에 아름다운 별로 떠오르네. 사랑아, 경주 남산 돌 속에 숨은 사랑아, 우리 사랑의 작은 별도 하늘 한 귀퉁이에 정으로 새겨

나는 그 별을 지키는 첨성대가 되고 싶네.

— 정일근, 「연가」에서

강석경도 천오백 년 전의 신라가 주는 환상 때문에 경주를 사랑한다고 밝힌다. 신라 고분에서 울려 나오는 말발굽 소리와 먼 초원에서 불어오는 바람 소리는 그 자신에게 중앙아시아 초원의 유목민 피가 섞여 있음을 상기시켜주면서, 그의 가슴을 뛰게 한다.

그 사람, 그 무늬들

경주 박물관에서 작가는 고분에서 발굴된 고대광실의 부장품들을 만난다. 내가 만약에 부장품을 넣는다면 무엇을 가져갈까? 차(茶)를 좋아해서 방에 비싸지 않은 찻잔이나 도자기 그릇을 놓아두고 바라보는 취미가 있지만, 종내는 노트북 하나만 취하고 나머지는 그릇처럼 비우겠다는 소망. 진정 "내가 그릇을 좋아하는 이유는 비어 있기" 때문이다. 이처럼 담박하고 칼칼한 작가의 육성을 듣는 것도 경주여행의 진수다. "집에 가득 찬 물질에서는 부패의 냄새가 나고 가슴에 가득 찬 욕망에서는 폐수의 냄새가 난다"는 그의 통렬한 문장에서 더위가 한결 가신다.

선덕여왕의 꿈이 서린 황룡사지 터에서도 재벌 회사의 고층 아파트를 마주 보아야 하는 현실 앞에서, 자신이 사랑하는 신라는 환상 속의 시공간이라고 짐짓 '변명'을 한다.

> 잔광이 깔린 왕들의 유택에 비둘기처럼 앉아 행복을 느낀다. 꿈인 듯 저 길로 그리운 얼굴 다가오는 환영도 보이지만 낮달이 외로이 떠 있는 늦가을 하늘 아래서 포만감을 갖는다. 때때로 고독은 제왕처럼 군림하여 두려움을 주지만 세상에 지쳐서 돌아오는 나를 기다려 주는 오라비이고 변함없는 벗이다.
> ― 강석경, 『능으로 가는 길』에서

신라가 없는 경주, 그 능으로 가는 길. 거기, 어머니 젖무덤 같은 원형의 고향은 아직 남아 있다. 하여, 김유신이 없어도, 원효가 없어도 우리는 그래서 경주에 간다.

황제를 기다리며

부도덕한 졸부의 시대가 가고
제대로 된 상류층이 나와야 할 시기가 되었다.

—— 조용헌, 『5백년 내력의 명문가 이야기』에서

　버스정류장에서 일행 중 한 사람이 더위는 정말 싫다, 못 견디겠다,
라고 인상을 구기니까 주위 사람들도 이구동성으로 그렇다고 맞장구
를 쳤다. 그중 다른 한 사람은 이렇게 더워야 곡식이 익잖아, 하면서
웃었다. 그래, 맞아. 모든 사람들이 그를 따라서 얼굴을 펴고 같이 웃
었다. 이는 연세가 지긋하신 어르신들, 아직까지 농경 시대의 정서가
공유되는 세대들의 이야기이긴 했지만 옆에서 듣던 사람까지 잠시 더
위의 위력을 긍정하게 만들었다.
　"이렇게 더워야 곡식이 익잖아." 자고로 목구멍이 포도청이라고 했
으니 '먹는 것'과 직간접적으로 연관되는 것 앞에서는 숙연해지면서
도 또 민감해질 수밖에.
　몇 해 전 여름, '황제의 식사' 때문에 난리가 난 적이 있었다. 어느

국회의원 한 분이 최저생계비로 생활하기 릴레이 체험(1박 2일 쪽방 체험 행사)에 딱 한 번 참여한 후에 밝힌 소감, 인스턴트 식품으로 끼니를 때우면서 이만하면 황제의 식사가 부럽지 않다고 밝혀서 대중들의 공분을 샀다. 아니, 하루 최저생계비 6,300원으로 부족함이 없다는 사람을 이 시대 최고의 청빈낙도의 대표 주자로 등극시키지는 못할망정 네티즌들은 왜 뭇매를 때렸었나? 아무래도 다들 더위를 먹었었나 보다.

먹는 것을 통칭하여 동양에서는 밥, 서양에서는 빵이라고 하는데, 이 밥과 빵 때문에 벌어진 인간의 비극은 동서양의 고전으로 널리 빛나고 있지 않는가. 고전에서 배우자는 말이 괜히 생겼나.

최저생계비? 그거, 조선시대의 한 명문가처럼 타인능해(他人能解, 누구든지 열 수 있다)라는 글자가 새겨진 쌀뒤주를 만들면 쉬울 텐데 왜 그렇게 일들을 어렵게 풀어갈까. 어쨌든 어느 의원님, 그분 그해 여름에 정말 운이 나빴던 게 아니었을까.

"어찌 이리 쌀이 많이 남았느냐, 우리가 덕을 베풀지 못했다는 뜻 아니냐?"

이건 필시 남아도는 쌀 때문에 고민하고 있는 정부 측에게 모 방송국이 해법을 제공하기 위해서 만들었던 공익 광고의 문구가 아닐까 싶다.

"나눔의 미덕, 우리가 잊지 말아야 할 아름다운 전통입니다"라는 자막으로 끝나던 공익 광고 화면을 보면서 바로 그 '운조루'라는 운치 있는 옥호가 떠올랐었다. 명당으로 꼽히는 집터에다 명가로 소문난 그 집(한정식집이 아니므로 부디 오해 없으시기를!)은 전남 구례군의 노고단 밑에 지금까지 건재하고 있다. 물론 '타인능해' 쌀뒤주의 실물도 그대로 있다.

그 타인능해표 쌀뒤주를 현 시대에도 갈망하던 사람, 조용헌의 『명문가 이야기』 시리즈에서 '노블레스 오블리주(Noblesse Oblige)'는 일관된 하나의 주제가 되고 있다. '혜택 받은 자의 책임', '특권 계층의 솔선수범'을 뜻하는 이 용어는 원래 로마 시대의 왕족과 귀족들이 실천했던 공공 정신에서 나온 것인데 우리에게도 그런 양반가의 덕풍은 얼마든지 있었던 것이다.

우리 조상들의 구현 의지였던 올곧은 선비 정신을 한국판 '노블레스 오블리주'로 보고 있는 저자, 그가 소개하는 만석꾼 집안의 이야기에는 오늘날 우리가 다시 성찰해야 할 명제가 들어 있다. 가령 경주 최부잣집이 12대까지 유지될 수 있었던 경륜과 철학을 바탕으로 한 신조, 그중에 "재산은 만 석 이상 모으지 말라, 흉년기에는 남의 논밭을 매입하지 말라, 사방 100리 안에 굶어 죽는 사람이 없게 하라." 이런 명문가의 가훈을 보면서 현대의 졸부들은 코웃음을 치며 역발상으로 삼겠지만 말이다.

저자가 뽑은 명문가의 기준은 "선조 또는 집안 사람들이 어떻게 살았느냐"에 관점을 두고 있다. "벼슬이 높아야 명문가가 되는 것은 아니다. 얼마나 진선미(眞善美)에 부합하는 삶을 살았느냐가 중요하다." 그는 동양철학자인지라 고택을 실질적인 자료로 삼아 풍수지리적인 해석을 내놓고도 있다.

"부도덕한 졸부의 시대가 가고 제대로 된 상류층이 나와야 할 시기가 되었다"는 희망적인 메시지가 들어 있는 그의 책은 2권에서도 역시 "한국의 명문가는 노블레스 오블리주를 실천하는 집안이 될 수밖에 없다"고 다시 한 번 못 박고 있다. 저자의 바람대로 이 시대에도 진짜 '귀족'들이 넘쳐났으면 좋겠다.

'황제의 식사' 그 스토리의 주인공은 아마도 황제 욕망에 시달리고 있는지도 모른다. 한때 국내의 재벌가인 모 그룹의 회장님이 몸소 실천했다는 '황제 다이어트'가 유행했었다. 이 모든 에피소드들이 황제의 명예를 욕망하다 일어난 '난센스'들이다.

남성들이 걸리기 쉬운 병 중에 황제병이라는, 여성들의 공주병과 왕비병에 버금가는 귀족적인 병이 있는데 아직까지 그 치료 백신이 개발되지 않는 걸 보니 이게 보통의 불치병은 아닌 것 같다.

황제가 되기는 쉬울지 몰라도 그 병을 고치기는 참으로 어렵다.

아, 전태일!

힘에 겨워 굴리다 못 굴린, 그리고 또 굴려야 할 덩이를
　나의 나인 그대들에게 맡긴 채 잠시 다니러 갑니다, 잠시 쉬러
갑니다.

— 전태일

'전태일'을 다시 읽는 것은 고통이다. "어떠한 인간적 문제이든 외면할 수 없는 것이 인간이 가져야 할 인간적인 과제이다." 특히 이런 그의 일기 원문들을 엿볼 때면 결코 반추하고 싶지 않은 잔혹한 과거를 확인하는 것 같아서 더욱 참담하다. 스물두 해 짧은 삶을 살다 간 청년 노동자의 비망록에서 통찰의 혜안으로 빛나는 글귀들이 툭툭 튀어나와 독자의 가슴을 서늘하게 쓸어내린다. 현자나 성자는 높은 학력으로 탄생하는 게 아님을 증명한 그에 대한 연구는 지금도 활발하다. "인간의 명석함이란 선천적으로 주어지는 것이라기보다는 인간에 대한 사랑에서 얻어지는 것." 이렇듯 전태일의 사상은 사랑의 철학이라고 평가되고 있다.

그 사람, 그 무늬들

『전태일 평전』이 세상에 나오기까지 인권 변호사 조영래의 숨은 공로가 있었다는 사실은 익히 알려진바, 극비리에 원고를 가지고 나가 일본에서 먼저 『불꽃이여! 나를 태워라!』라는 제목으로 출간되었다는 사실 또한 이 책의 탄생 신화를 대변해준다.

한국에서는 처음에 『어느 청년 노동자의 삶과 죽음』이라는 제목으로 저자를 밝히지 못하고 내놓을 수밖에 없었지만 지금은 조영래라는 저자의 이름을 명백히 밝히고 스테디셀러가 되고 있다. 그리고 영어권을 넘어 세계 각국어로 번역 출간되고 있으니 이야말로 진정한 '한류'가 아닌가.

아름다운 청년 전태일, 꽃다운 나이에 인간 도화선이 되어 산화한 그 이름을 다시 불러보는 것은 지워지지 않는 원죄의 흉터를 만져보는 것. 어언 반세기 전, 그가 떠나신 1970년 11월 13일, 우리에게 이 날은 아주 큰 복(福)날이 되지 않았던가. 그날 이후부터 일하는 사람들이 비로소 '목소리'를 내고 살게 되었으니까, 세상에 일 안 하고 사는 사람은 없으니까.

"어머니, 내가 못다 이룬 일 꼭 어머니가 해주십시오."

어쩌자고 그는 어머니께 그 큰 짐을 덜컥 떠맡기고 갔을까.

"그래, 기필코 하고 말겠다."

어쩌려고 그의 어머니는 덜컥 약속을 해버렸을까.

까맣게 타버린 아들의 얼굴을 어루만지며 어머니는 신의 이름을 걸고 맹세했다. "내 목숨이 붙어 있는 한 기어코 내가 너의 뜻을 이룰게." 꺼져가는 숨소리를 통해 아들의 통절한 혼은 "어머니, 정말 할 수 있습니까?" 하고 세 차례나 되물었다. 이는 십자가에 못 박히는 아들 예수를 지켜보아야 했던 성모 마리아의 경우와 비견되기도 하는데 그렇다, 여기에 특정 종교인들 태클 걸지 말자. 내 죽음을 헛되이 말라고 외치며 제 몸에 불을 붙인 인간, 그 청년에게 소신공양(燒身供養)이라는 불교 용어를 쓴다 한들 누가 시비할 것인가.

젊은 시시포스에게도 휴식은 필요할 터, 그는 친구에게 다음과 같은 유언의 글을 남기고 잠시 자리를 비웠다. "힘에 겨워 힘에 겨워 굴리다 못 굴린, 그리고 또 굴려야 할 덩이를 나의 나인 그대들에게 맡긴 채 잠시 다니러 간다네, 잠시 쉬러 간다네." 전태일, 그대 언제 다시 오시려는가. 기다려서 올 사람이라면 기다릴 수밖에.

2차 세계대전 때 나치의 강제 수용소에서 죽음의 문턱까지 갔던 유대인 의사는 삶의 의미와 숭고한 죽음의 성찰을 진술하고 있다. 전태일이 겪었을 '자발적인 홀로코스트'에 대입해볼 때 그 처연함의 무게는 비등하다. 그 존엄함의 깊이도.

> 곧 닥쳐올 절망적인 죽음에 대해 마지막으로 항의하고 있는 동안 나는 내 영혼이 사방을 뒤덮고 있는 음울한 빛을 뚫고 나오는 것을 느꼈다. 나는 그것이 절망적이고 의미 없는 세계를 뛰어넘는 것을 느꼈으며, 삶에 대한 궁극적인 목적이 있는가라는 나의 질문에 어디선가 "그렇다"라는 활기찬 대답소리를 들었다.
> — 빅터 프랭클, 『죽음의 수용소에서』에서

어려운 노동법 용어를 해석해줄 대학생 친구 하나만 있었어도 좋겠다던 청계천 상가의 재단사 그 청년, 지금 딱 그만 한 나이인 대학생

그 사람, 그 무늬들

들을 보면 나는 또 죄스러워진다.

비정규직 '알바'라도 뛰어야 할 그들에게 근로기준법 같은 것은 알바가 아니다. 마지막 학기를 보내고 있는 학생들의 눈빛이 어느새 깊어져 있다. 요즘 젊은 애들은 왜 이럴까. 노파심으로 엊그제 그들을 맞았는데 벌써 산전수전 다 겪은 올드보이 모습들이 보인다. 아예 자신의 존재마저 잃어버린 듯한 좀비 같은 녀석들도 더러 보인다.

거기, 니들, 태일이 형 알아?

영원히 아름다운 청년, 태일 씨! 청계천 버들다리가 그대의 이름으로 바뀐 거 아세요? 이번 주말엔 꼭 그대를 다시 만나러 갈게요. '전태일 다리'를 건너가면 당신이 꿈꾸던 아름다운 세상이 곧 나오겠지요.

"애도 창자도 없이 비어 버린 연의 가슴을 푸른 하늘이 대신 채워주고 있는 것일까." 방패연이 되어 바람 부는 하늘에 떠 있는 그 아들의 '대를 이어서' 뜻을 펼치신 당신의 어머니 이소선 님께는 『혼불』의 문장을 빌려와 헌사를 바칩니다.

> 그 애 녹은 자리의 쓰라린 공동, 이 상실과 상처의 상심이 버린 가슴은 오히려 해 같고 달 같은 꼭지로 물들어서 한숨과 눈물의 풀로 한 생애의 이마에 곱게 붙여질 것인가.
> 자신도 모르는 사이에 그 비어버린 것의 힘으로 가벼이 되며, 또 그 비어버린 것의 힘으로 강하게 되어 바람이 불어오는 것을 두려워하지 않게 될 수도 있을 것인가.
> 옴시레기 도려내어 가시만 남은 가슴이 없었더라면, 무엇으로 저 연의 오채 찬란한 꼭지를 장식할 수 있었을까.
> ― 최명희, 『혼불』에서

다시, 다산(茶山)을 만나며

> 폐족 집안의 사람으로서 못된 술주정뱅이라는 이름을 더 가진
> 다면 앞으로 어떤 등급의 사람이 되겠느냐?
>
> — 정약용, 『유배지에서 보낸 편지』에서

열대야가 식어버린 밤이지만 TV 화면 속의 〈천추태후〉와 〈선덕여
왕〉의 포스는 여전히 인기 작렬이다. 먼 먼 역사 속의 인물들은 그렇
게 펄펄하게 살아나는데 이 시대 우리 곁에서 한 세상을 함께 했던 그
어떤 분들은 이제 영 볼 수 없단 말인가.

알맞게 서늘한 밤, 달랠 수 없는 상실감. 아무래도 책보다 더한 위
로가 있으랴. 비감한 제목에 먼저 눈길이 간다. 『손끝에 남은 향기』,
『옛사람들의 눈물』을 더듬다가 다산(茶山) 정약용의 『유배지에서 보
낸 편지』에서 손이 멈춘다.

오래전에 읽으면서 밑줄을 쳐두었던 문장들이 옛 스승을 만난 듯
반갑다. 조선 후기의 실학자로서 사회개혁을 주장했던 거물급의 역사

인물로만 여겼던 다산이 내게 다시 강하게 인식된 것은 그의 시 「애절양(哀絕陽)」을 대하고 부터였다. 리얼리티가 생생하면서도 인간에 대한 연민이 절절한 그의 시들은 비루하게 뜨겁기만 하던 내 문청의 혈기를 서늘하게 식혀주었다.

세금 때문에 자신의 '거시기'를 잘라버린 사내라니, 그야말로 내게는 '확 깨는' 시였다. 그 뒤로 다산을 다시 만날 때마다 그의 시 「애절양」의 애절한 초혼가로 먼저 그를 불러내야 했으므로 나는 무의식적으로 그를 피했던 것인가. 한동안 TV에서 세금 때문에 자신의 집과 차(車)도, 심지어 가족마저도 '내 것'이 아니라고 잡아떼는 사내들을 심심찮게 볼 때마다 나는 불현듯 다산과 조우하게 되었다.

이웃의 한 사람이 삶의 귀감이 될 만한 좋은 글을 뽑아서 책으로 만들어달라고 하기에 다산 그가 크게 기뻐하며 유배지라 책이 귀한데도 애써 구해서 만들어주었더니 글쎄 그 이웃 사람이 너무 비현실적인 소리만 잔뜩 써 있다고 제대로 읽지도 않고 구겨버렸다고 한다. 이처럼 『유배지에서 보낸 편지』 속에는 세상에 하나밖에 없는 그의 또 하나의 걸작이 그렇게 허무하게 사라져버린 '비하인드 스토리'와 지금으로 말하자면 그 흔한 표절에 대한 분통 터지는 이야기도 들어 있다.

자신이 지은 의서인 『마가회통(麻科會桶)』이 홍씨가 지은 '홍씨본'으로 유통되는 것에 대해 의심을 품으며 아들에게 그 책 한 질을 사서 자신의 진본과 대조해보라고 독촉하는 그의 모습은 얼마나 친근한가.

둘째 아들이 술을 많이 마신다는 사실을 전해 듣고는 옆에 두고 훈계할 수 없기에 안타까이 편지로 써서 가르쳐야만 하는 유배된 죄인 아버지의 심정은 애절하고도 숙연하다.

"폐족 집안의 사람으로서 못된 술주정뱅이라는 이름을 더 가진다면 앞으로 어떤 등급의 사람이 되겠느냐?" 뿔 달린 옛 술잔의 이야기를 들려주는 아버지의 모습에서는 고준한 대학자로만 여겼던 다산에게 한 발 더 가까이 갈 수 있는 빗장이 열리는 것을 확인했다.

멀리 흑산도에서 유배 생활을 하는 형님 약전에게 보내는 편지에서도 실용학파였던 다산의 면모가 드러난다. 육(肉)고기가 귀했던 섬 지방에서 개를 잡아먹으라고 권유하며 그 요리법까지 세세하고 적어놓고 있다. 손택수 시인이 쓴 『바다를 품은 책 자산어보』에서 아우 약용의 애끓는 우애를 확인할 수 있다.

"보내주신 편지에서 짐승의 고기는 전혀 먹지 못한다고 하셨는데, 이래가지고서야 어찌 오래 버틸 수가 있겠습니까? 그 섬에는 들개들이 백 마리 천 마리 정도가 아닐 것입니다. 저라면 거르지 않고 닷새마다 한 마리씩 삶아 먹겠습니다."

이어서 개를 요리하는 비법을 요즘의 '먹방'은 저리 가라 할 만큼 사실적이고 감칠맛 나게 소개하고 있는데 편의상 본고에서는 생략하기로 한다. 여기서 혹시 '개를 먹는' 형제라고 질시하지 마시라. 때는 조선 후기, 지금의 문화적 이데올로기를 갖다 댈 수는 없잖은가. 대신 형 약전은 섬사람들이 쓰는 속담을 수집하여 동생에게 보내주었다니 이들의 형제애는 속진의 눈으로 결코 넘볼 수 없는 것.

혁신을 추구하는 진보 세력을 처단하기 위해서 조선의 조정에서도 피바람이 불었다. 개혁파였던 정약전과 정약용 그들 형제는 당연히 보수파에 의해 제거되어야만 했다. 다른 세계를 꿈꾸며 앞으로 나가려는 사람들에게 고난과 역경은 필수 코스. 생은 짧았으나 그들의 의지와 정신은 이어진다. 책이라는 불멸의 유신을 통해서.

> 어린 시절에는 일찍이 방외(方外)에 몰두하여 의심하는 마음을 가지지 못했고 이미 장년이 되어서는 과거 공부에 빠져 돌아보지도 않았으며 서른이 넘어서는 지난 일에 대한 후회가 깊이 벌려졌지만 두려워하지를 않았다.(……) 이 또한 운명일까. 성격 탓이겠으니 내 감히 또 운명이라고 말하랴.
> 노자(老子)의 말에 "여(與)여! 겨울의 냇물을 건너는 듯하고 유(猶)여! 사방이 두려워 하는 듯하도다."라는 말을 내가 보았다. 이 두 마디 말이 내 성격의 약점을 치유해줄 치료제가 아니겠는가. 무릇 겨울에 내를 건너는 사람은 차가움이 파고 들어와 뼈를 깎는 듯할 테니 몹시 부득이한 경우가 아니면 하지 않을 것이며, 온 사방이 두려운 사람은 자기를 감시하는 눈길이 몸에 닿을 것이니 참으로 부득이한 경우가 아니면 하지 않을 것이다.
>
> ― 다산, 「여유당기(與猶堂記)」에서

서교(西敎)라는 이념의 잣대를 들이대며 아(我)와 피아(彼我)를 구분하던 살벌한 정세를 인식하면서도 '부득이'하게도 신념을 펼치겠다는 학자적 양심과 확신이 드러나 있는 대목이다. '민생 위주의 경학'으로 전환했다는, 역자(박석무)의 해설이 훗날의 인문학 경시 풍조에 대한 오해를 불러일으킬까 싶지만, 이는 어차피 천부당만부당이다.

자기 계발의 실용서와 돈 잘 버는 경제 서적들이 한동안 우리를 현혹시켰다. 성공을 하려면 몇 가지 습관을 법칙처럼 지켜야 하고, 일찍

자고 일찍 일어나는 아침형 인간이 되라는 둥, 우리를 계몽시키려 했던 책들은 마치 한 번쯤 따라 입게 되는 패션의 옷차림처럼 유행만을 낳지 않았던가.

인문(人文), 사람의 무늬가 진하게 박힌 책일수록 귀하고 반갑다. 옛사람의 취색이 덕지덕지 얼룩진 책일수록 더욱 더!

제5부

아직도, 지나가는……

도가니탕, 잘하는 집 어디 없나요?

사람은 자기 존엄성이 지켜질 때 한 우주의 주인일 수 있고,
우주 자체일 수 있다.

— 이청준, 『벌레 이야기』에서

'뼛골이 시리다'는 말의 의미를 뼈저리게 느낀 지 이미 오래다. 특히 요즘같이 일교차가 심한 환절기에는 온 삭신 마디가 서걱거리면서 그 말의 참뜻을 체감하게 된다. 나이 들어가면서 몸에서 칼슘이 왕창 빠져나간다니 곰국이나 도가니탕 같은 음식이라도 자주 먹어줘야 한다는 통설이 있지만, 일인당 국민소득이 2만 달러가 넘는 풍족한 나라에서도 그게 그리 쉽지가 않다는 것 또한 일반화된 사실인 것을. 무릎뼈 사이로는 이미 한겨울이 왔건만 뿌연 육수가 진한 설렁탕 한 그릇 맘 놓고 사 먹지 못해서야 어디 인간의 존엄성을 유지하겠는가?

현진건의 소설 「운수 좋은 날」에서는 병든 아내가 설렁탕 한 그릇 먹는 걸 소원하다가 끝내 먹지 못하고 죽어버린다. "설렁탕을 사다 놓았는데 왜 먹지를 못하니? 괴상하게 오늘은 운수가 좋더니만." 김

첨지의 절규가 귓가에 맴돈다. 모든 게 다 때와 '찬스'가 있는 법, 모
처럼 운 좋게 일당을 족히 벌었으면 빨리 집에나 들어갈 일이지, 술집
에서 호기를 부리며 해찰을 하다가 뒤늦게 설렁탕을 사가지고 갔으
니…….

영화 한 편으로 온 나라가 들끓어대니 정부에서는 뒷북을 치면서 드
디어 그 진상지인 학교를 폐교시키기로 결정했다. 뒷북이라도 강하게
쳤으니 다행이다. 더불어 영화의 힘, 소설의 힘이 아주 세다는 게 증
명되어서 든든하고 좋은데 신(神)의 이름이 더럽혀지는 건 애석하다.

신이 어디 '나이롱' 담요인가? 영화 〈도가니〉를 보면서 너희 중에
죄 없는 자가 먼저 돌로 쳐라! 했다는 예수의 말씀은 잠시 접어두고,
범국민적인 분노를 실컷 공감하고 공유했다. 영화 속의 위선자들은
신을 마치 자신들의 추태를 마구잡이로 덮어주는 '싸구려 담요' 취급
을 하고 있었다.

영화 〈밀양〉에서도 살인을 저지른 범인이 자신은 이미 신에게 회개
하고 용서받았다고 평온한 얼굴로 오히려 피해자 쪽을 연민하는 장면
이 나온다. 내가 용서하기 전에 누가 당신을 먼저 용서했느냐고 절규
하던 여자 배우의 메소드 연기가 다시 되살아난다. 영화 〈도가니〉에
서도 어린 민수가 수화(手話)로 소리친다. "내가 용서를 안 했는데 누
가 용서를 해요?"

장애 어린이들을 성추행하고도 특정한 집단과 종교의 '장'이라는
자신의 신분을 방패로 삼는 '쓰레기' 인물을 향해서, 그들을 더 편들
어준 권력 집단을 향해서 사회적 공분이 일고 있다. 이를 두고 굳이

그 사람, 그 무늬들

정의를 운운하지는 말자. 불편한 진실들을 애써 외면해온 우리들도 공범의 범주에서 완전히 비켜날 수는 없으니까. 솔직히 나 개인과 가족의 직접적인 피해가 아니라면 별 관심도 없으니까.

〈도가니〉의 원작자인 공지영은 실제 벌어진 사건이 영화나 책에서 다뤄진 것보다 훨씬 더 잔인하다고 증언하고 있다. "진실을 개들에게 던져줄 수 없다!"고 분연히 떨치고 일어난 기자와 작가, 교사와 간사, 그리고 배우 공유와 감독 황동혁 같은 이들 덕분에 우리는 추악한 진상의 일면을 스크린을 통해서나마 똑똑히 목도할 수가 있었다.

"사람은 자기 존엄성이 지켜질 때 한 우주의 주인일 수 있고 우주 자체일 수 있다." 영화 〈밀양〉의 원작 소설 『벌레 이야기』의 작가 이청준의 '어록'이다. 사실, 우주론 앞에서는 그 어떤 막강한 신도 판타지일 뿐이다.

"살인자가 그 아이의 엄마 앞에서 어떻게 그토록 침착하고 평화스런 얼굴을 하고 있느냐 말이에요. 살인자가 어떻게 성인 같은 모습으로 변할 수가 있느냐 그 말이에요. 절대로 그럴 수가 없어요. 그럴 수가 없었기 때문엔 전 그를 용서할 수가 없었던 거예요." 이는 소설 속의 아이 엄마가 토해내는 말이지만 실은 사법부 쪽에서 먼저 해야 할 말이 아닌가.

이청준의 소설 『벌레 이야기』가 실제 어린이 살해 사건을 소재로 하고 있듯이 공지영의 소설 『도가니』도 장애아 특수학교에서 벌어진 악행의 실화를 소재로 하고 있다. 묘하게도 두 이야기 속에서 신(종교)이 개입하고 있다. 인간들, 정말 비겁하다! 신의 옷자락으로 머리

통만 가리고 투명인간이 된 줄 안다.

찬바람이 불어오니 육신의 정기도 쑤욱 빠져나간다. 걸음걸이도 느려진다. 나이 들면 그게 무지 서럽다. 그렇다고 보양식에만 사활을 걸 수가 없다. 우리 동네 4백 년이 넘은 느티나무도 지금 겸허히 낙엽을 떨어뜨릴 준비를 하고 있다. 그런데 백 년도 안 된 어떤 인간은 신의 섭리를 거부하며 살아 있는 어린 육신을 '잡아먹고' 싱싱한 기를 받겠다고 몸부림을 친다. 아, 토할 것 같다.

중년이나 갱년의 심신이 그토록 허우룩할 때면 어디 가서 윤리적으로, 도가니탕이나 한 그릇 '쳐' 잡수시길!

말빚이 얼마죠?

내게는 소유가 범죄처럼 생각된다.

— 마하트마 간디

세상에 사채보다도 훨씬 더 무서운 빚이 있다는 걸 알았습니다. 그 엄청난 말빚을 어떻게 다 갚아야 합니까? 우리가 입으로 쌓아올린 거대한 업력들은 이미 바벨탑을 능가하고도 남을 테지요. 굳이 구업(口業)이라는 불가의 용어를 빌리지 않더라도, 인간의 혀뿌리로 빚어낸 기름진 말의 성찬들이 그 옛적의 주지육림(酒池肉林) 못지않게 오염되고 혼탁하여 종종 대재앙을 불러일으키는 화를 당하고 있지 않습니까.

혹시 당신이 세상에 흩뿌려놓은 말 같잖은 말들을 지금이라도 당장 거둬들이는 방법은 없을까? 하고 고민하고 계신다면 '딸라이자'를 쳐서라도 하루 속히 그 무시무시한 말빚을 갚으심이 남은 생을 살아가기에 평안하신 줄로 압니다.

"그동안 풀어놓은 말빚을 다음 생으로 가져가지 않으려 하니 부디 내 이름으로 출판한 모든 출판물들을 더 이상 출간하지 말아달라."

이 간곡한 유언 때문에 지금 출판 시장에서는 초유의 사태가 벌어지고 있다고 합니다. 법정 스님의 책이 어떤 인터넷 경매 사이트에서 억대를 호가한다는 루머가 잠시 나돌기도 했으니 말입니다. 뭣이여? 뭔 책, 한 권 값이 소형 아파트 한 채 값? 아마 그건 그냥 속절없는 유머였겠지요.

당신의 이름으로 소집된 회식 자리에서 당신이 당신의 명품 핸드백을 열어서 꺼내 보여준 그 『무소유』는 지금도 물론 당신의 럭셔리한 품위 유지를 위한 소품으로 잘 애용되고 있는지요? "나 요즘 이거 읽고 있거든." 우아하게 입가를 일그러뜨리는 당신의 표정 연기에 우리들 또한 번지레한 '립서비스'로 화답을 했더랍니다.

대한민국의 자칭 내로라하는 인물들은 『무소유』를 한 권씩 소장한다는 사실을 일찍이 알았을 때, 저도 그만 현혹될 뻔했으나 도서관에 가서 빌려 보고 말았으니 그처럼 우매한 일이 또 어디 있었겠습니까. 소유할 것이 별로 없는 저로서는 그 '무소유'의 개념이야말로 그저 그런 일반 상식쯤에 속한다고 허위에 찬 자족감에 교만을 떨었던가 봅니다.

아뿔싸! 그런데 제 집의 책장 한구석 맨 아래 칸에서 최초의 『무소유』를 발견하고 말았습니다(하기야, 제게 있는 책인 줄도 모르고 도서관에 가서 빌려온 적이 어디 한두 번이어야 말이죠). 지금으로부터 30여 년 전에 발간된 범우사 문고판, 누렇게 바랜 수첩 크기의 이 희귀(?)한 『무소유』. 아, 가격은 1,000원으로 찍혀 있네요. '주머니 속에 우주와 같은 진리를!' 문고 시리즈를 펴내는 표제 아래 두 번째로 펴낸 것이네요. 첫 권은 피천득의 『수필』이고요.

지금 중고 온라인 서점에서 『무소유』가 무려 수십, 수백 배가 넘는 가격에 판매되고 있답니다. 며칠 전 이 책을 제가 몸담고 있는 기관의 도서관에서 다시 빌려왔는데 아직 반납일도 안 되었음에도 자꾸 독촉 전화를 하고 있습니다. 담당 서사님이 몹시 염려가 되는가 봅니다. 이대로 책 값이 계속 올라간다면 혹시 제가 딴 맘을 먹을 수도 있잖겠습니까. 이게 무슨 24K 황금도 아니고, 참. 예, 서사님, 빨리 반납하겠습니다. 너무 걱정 마십시오. 저도 이미 한 권을 가졌거든요.

더 많이 가질 수 없어서 행복하지 못한 우리가 이토록 『무소유』에 집착하는 현상이 좀 웃기지 않습니까. 당신은 다시 우아한 손놀림으로 『무소유』를 꺼내 보이며 "봐, 난 이거 가졌거든" 하면서 당신의 '엘레강스'한 수준을 호들갑스럽게 과시할 테지요. 개그우먼도 아니면서 말입니다.

"무소유란 아무것도 가지지 않는다는 것이 아니라 불필요한 것을 갖지 않는다." "아무것도 갖지 않을 때 비로소 온 세상을 갖게 된다는 것은 무소유의 또 다른 의미이다." 이토록 비범한 명제를 『무소유』 속에서 다시 밑줄 그어가며 확인할 때 가슴 뻐근한 충만감에 사로잡히는 지적 탐닉도 하나의 취미라면 괴이한 취미일 수도 있을 겁니다.

그러나 당신, 간디의 어록에서 인용한 "내게는 소유가 범죄처럼 생각된다"라는 대목에서는 벼락 같은 뇌성이 울리는 것을 듣지 못했습니까.

직접적인 유언은 아니지만 "책이란 한낱 지식의 매개체에 불과한 것, 거기에서 얻는 것은 복잡한 분별이다. 그 분별이 무분별의 지혜로 심화되려면 자기 응시의 여과 과정이 있어야 한다"는 말에는 저자가 자신의 책으로 인해 벌어질 해괴한 광풍을 예견한 듯 경계의 의미가 담겨 있습니다. 책으로 '먹고사는' 일에 연루된 저도 아프게 새겨들어야 할 말입니다.

그토록 오매불망 '무소유'라 일렀거늘 그 책을 소유하고자 안달이 난 중생들.

스님, 어떻습니까? 아직 사십구재도 안 지났으니 중음의 세계에서 잠깐 나시어서 그 깐깐한 말씀의 죽비로 한 번 더 내려쳐주시는 것도 스님이 생전에 지으신 말빚을 갚는 것 아니겠습니까.

『무소유』의 저자인 법정 스님의 다비식이 있던 그날, 제가 아는 어떤 시인은 출가를 했답니다. 「목탁」이라는 연작시로 세간을 두드리던 시인의 블로그에는 "시는 노예로 살지 않기 위한 고투"라는 대문의 글귀가 계속 걸려 있습니다. 어쩌면 이 지독한 말빚을 갚기 위해 그 시인은 스스로 목탁이 되려는 게 아닐런지요.

주인 없는 집에서 선승의 풍모를 지닌 그의 사진만 쳐다보다가 되돌아 나오는 제 마음이 왜 이렇게 쓸쓸한지요?

"우리가 산속으로 들어가 수도하는 것은 사람을 피하기 위해서가 아니라 사람을 발견하는 방법을 배우기위해서다!"

네, 이 중생은 다시 말씀의 책 밑줄 속으로 자맥질해 들어갑니다. 귀 떨어진 마음의 쪽박을 한 땀 한 땀 기워보겠습니다.

행여나 깨달음을 얻기 위해서 수행한다고 생각하지 말라.

깨달으려고 해서 깨달음에 이르는 사람은 아무도 없다.

깨달음은 보름달처럼 떠오르는 것이고 꽃향기처럼 풍겨오는 것.

— 법정,「수행자에게 보내는 편지」에서

인문학적 꼰대질

그대는 오로지 방정식을 풀 따름이다. 세계란 어쨌든 풀리는 방정식인 것이다.

— 잉게보르크 바하만, 『삼십세』에서

졸업, 이것 때문에 야단법석이었다. 일부 졸업식 뒤풀이로 인한 유감스런 국민 감정에 대해서 대통령께서도 "나부터 회초리를 맞아야 한다"고 자책하셨으니, 거국적인 이슈가 되고 있는 게 확실했다.

인터넷에 올려진 '막장 졸업식'은 대체로 중학교 졸업생들이 모델이 된 민망한 '패션쇼'의 장면들이었다. 헉, 이거 정말 장난이 아닌데! 밀가루를 뿌리며 교복을 찢던 선배 세대가 물려준 '전통'에서 왕창 한참이나 더 나간 그것은 바로 목불인견(目不忍見). 앞뒤의 경위를 따지고 캐묻기 전에 개탄의 목소리를 먼저 쏟아내는 것은 불쾌함에 반응하는 인간의 당연한 표현 본능일 터. 그것은 분명히 어떤 특정 프로덕션의 상업용 영상물이 아니었으며, 거침없는 전위예술가 단체의 퍼포먼스도 아니었다.

그 사람, 그 무늬들

놀 줄 모르고 자라난 세대들이 저지르는 파괴적인 놀음, 축제를 난장판으로 망쳐버리는 집단적인 히스테리, 공교육 부재의 사회적 책임 등, 사태를 진단하고 분석하는 어른들의 시각에는 날이 서 있었다. 이야말로 어른들이 호되게 놀라고 있다는 증거가 아니겠는가.

맞다, 우리는 지금 '중딩'들의 반란에 아주 민감해 있다. 하지만 원성과 자성의 무수한 설왕설래 속에서 과도한 졸업식 풍경을 단지 청소년 문제라는 범위 안에서만 짚어본다면, 이것이야말로 너무나 옹색한 어른들의 협량(狹量)이라는 공론이 조성되고 있으니 다행이다.

공지영의 산문집, 『네가 어떤 삶을 살든 나는 너를 응원할 것이다』. 이토록 든든한 책이라니! 작가는 고3 딸에게 보내는 편지 형식의 글에서 우리가 당연시했거나 무시했던 삶의 소소함에 대해서 털어놓고 있다(이 책 속에는 스무 가지도 훨씬 넘는 또 다른 책들이 들어 있으니 보물찾기를 좋아하는 독자들이라면 충만감이 쏠쏠할 것이다).

그의 책 속에 나오는 "칭찬은 속삭임처럼 듣고, 비난은 천둥처럼 듣는다." 이 문장의 주체를 뒤집어보면 우리는 보통 습관적으로 '칭찬은 속삭임처럼 하고, 비난은 천둥처럼 한다'는 말이 된다. 그렇다, 우리가 금과옥조로 믿어 의심치 않는 신념이나 통념이 어쩌면 인색함이라는 단단한 외피를 두르고 있는 건 아닐까.

우리는 이미 착한 졸업식도 얼마든지 보았다. 시골 분교의 마지막 졸업식장을 축제 마당으로 만든 나이 지긋하신 선배들과 한복을 곱게 차려입고 떨리는 목소리로 고별사를 하는 늦깎이 졸업생 흰머리 소녀들에게는 천둥 같은 칭찬을 퍼부어주고 싶다. 이번 참에 아예 졸업식을 축제의 문화로 확장시키기 위한 움직임이 일고 있다니, 이제는 졸업식장에 피에로 복장을 하고 갈 수도 있겠구나.

"엄마의 세대들은 그 모든 것들을 그저 홀로 배워야 했단다." 그래서 시행착오의 연속일 수밖에 없었던, 지독히도 힘들었던 젊은 날을 살아온 어른들은 지금도 또한 혹독하게 질풍노도의 삶을 통과하고 있는 젊은이들에게 따뜻한 격려를 보내고 있다. 삶이 힘들까 봐 미리 두려워하는 딸에게 "오르막은 다 올라보니 오르막일 뿐" "가까이 가면 언제나 그건 그저 걸을 만한 평지로 보이거든." 부디 눈이 지어내는 속임수에라도 씌어서 씩씩하게 살아가라고, 정답 없는 삶에 대해서 약간의 힌트라도 줄 수 있다면 그래도 우리 어른들은 한 번쯤 어깨를 으쓱할 수 있지 않겠는가.

불안한 시기를 보내고 있는 아들딸에게 다시 작가의 말을 커닝해서 "젊은 시절은 삶의 뿌리를 내리는 계절"이거든! 하고, 침방울 튀기며 조금 잘난 체하는 위로의 말을 할 수도 있겠다. "봄날의 가뭄을 이기려고 깊이 뿌리를 내렸던 벼들이 태풍으로부터 자신을 지켰듯이" 우리도 함께 좀 더 견뎌보자고 위무하면서.

졸업식, 지금 '중딩'들 '그까이 꺼'? 하면서, 열 받아 속 터지는 '대딩'들도 있다. 차라리 학교를 더 다니고 싶다고, 교정 밖의 세상을 두려워하는 대졸자들. 절대로 이태백(이십대 태반이 백수)은 되지 않겠다고 고군분투하는 그들에게도 파이팅!을 외친다.

그래, 취업. 그거 나도 미치겠다. '문송'합니다(문과라서 – 취업이 안 돼서－죄송합니다), 이런 신조어가 있는 줄도 모르고 목에 핏대 세워가며 인문학을 옹호했다는 자괴감. 아, 내가 이러려고 문학을 전공했나?

박민규의 소설 「고마워, 과연 너구리야」 속의 주인공처럼 "세 개의 책상 열을 지나는 일이 세 개의 산맥을 넘는 일처럼 아득하게" 치열한 경쟁의 그 자리, 인턴 사원이라도 꿰차고 들어간 '대딩'들아, 정말 장하다. 나는 그대들을 뜨겁게 응원할 것이다!

『삼십세』의 작가 잉게보르크 바하만의 '에게해의 꽃' 이야기를 전하자면, 척박한 섬에서 한 해에 두 번씩이나 크고 화려하게 피는 꽃들이 있다. 옹색한 대지와 준엄한 바위가 오히려 개화를 자극한다는 것이다. 결핍이 꽃을 아름다움의 꿈 안으로 몰아넣어준 것이다. 치열한 삶의 방정식을 풀어야 하는 세대들에게 이처럼 역시나 인문학적인 독려 말고는 별 다른 궁여지책이 없기에 실토한다. 나 또한 '문선송'합니다(문과 선생이라－취업을 못 시켜서－죄송합니다), 라고.

그러고는 다시 한 번 더, 바하만의 문장을 커닝해서 꼰대질을 해본다.

"일어서서 걸으라. 그대의 뼈는 결코 부러지지 않을 것이니!"

스무 살은 못 말려!

> 연아의 가장 큰 장점이자 강점은 그녀가 스케이팅을 진정으로
> 사랑한다는 점이다.
> — 브라이언 오서, 『한 번의 비상을 위한 천 번의 점프』에서

스무 살내기 한 처녀 때문에 우리는 너무나도 짜릿한 행복감을 만
끽했다.

고혹적인 은반의 요정의 자태에 온 세계인이 넋을 잃었다. 2010년
동계 올림픽에서 '피겨의 여왕'으로 등극한 김연아 선수의 이야기는
두고두고 인구에 회자될 것이다. 스무 살이라고 강조되는 그녀의 나
이는 이미 오래전에 지나가버린 우리들의 스무 살 시절을 한 번쯤 되
돌아보게도 한다.

우리 한국 여자들이 즐겨하는 농담 중에 "첫사랑에 실패만 안 했으
면 너 같은 아들, 딸이 있을 것이다"는 말이 있는데, 실패한 첫사랑의
시기란 아마 대체로 스무 살 즈음이 아닌가 싶다. 이처럼 스무 살이란
나이는 눈부시게 빛나기도 하지만 깨지기도 쉬운 크리스털 같은, 주

그 사람, 그 무늬들

의를 요하는 삶의 시기라고 할 수 있다.

　그래, 스무 살, 스무 살이었던 거야. 정채봉의 『스무 살 어머니』라는 책을 떠올렸다. 열일곱 살에 시집와서 열여덟 살에 아이를 낳고 스무 살에 세상을 떠난 작가 자신의 어머니 이야기가 나온다. 그래서 어머니의 얼굴도 흐릿한, 성인이 된 작가가 근무하는 회사에 스무 살 나이의 여사원이 입사하는데 그는 그 앳된 여직원에게서 자신의 어머니의 모습을 유추하게 된다. 그러니까 작가의 어머니는 영원히 스무 살인 것이다.

　"오늘도 하얀 박 속 같은 스무 살 우리 어머니는 그 앳됨 그대로를 지니고 사진틀 속에서 당신보다 더 늙어가는 아들을 말없이 내려다보고 계신다."

　작가의 사모곡은 수많은 독자들의 심금을 울렸다. 그는 '엄마'라는 이름을 마흔이 넘은 나이에 처음으로 불러본다고 고백하고 있다. 누구나 아기 때 첫 입이 열리면서 부른다는 '엄마'를 그는 '형수'라고 불렀다고 한다. 어린 삼촌들, 즉 어머니의 시동생들이 일제히 그렇게 부르니까 당연히 '형수'가 엄마를 뜻하는 말인 줄 알았을 터. 엄마라고 부르라며 살아생전에 어린 아들을 딱 한 번 때렸다는 스무 살 어머니께 작가는 정말 죄송하다고 뒤늦게 사죄한다. 엄마를 엄마라고 부르지 못한 그 독특한 사연을 담고 있는 『스무 살 어머니』는 이미 작고한 작가의 명성을 계속 빛내주고 있다.

　스무 살, 어머니가 될 수 있는 충분한 나이이며 '여왕'이 될 수도 있는 나이이다. 하지만 공자님이 보시기에는 서른 살에 비로소 확고한 뜻을 세운다는 이립(而立)에 비하면 스무 살은 너무 약관의 나이일지도 모른다.

우리는 김연아 선수가 혼신을 다해서 경기를 끝마친 후 터뜨렸던 눈물을 기억한다. 우리의 눈시울까지 같이 적셨던 그 눈물방울 속에는 본인조차도 무엇이라고 형용할 수 없는 의미가 담겨 있을 것이다. 어떤 사람에게는 평생을 바쳐 매진해야 성취할 수 있는 과업을 단 20년 만에 집대성해서 이룩한다는 것은, 어쩌면 주어진 삶을 미리 가불해서 강력한 마력으로 연소시킬 때라야만 가능한 일이 아닐까.

『한 번의 비상을 위한 천 번의 점프』는 김연아 선수의 코치였던 브라이언 오서가 쓴 책이다. 선수 시절의 자신의 모습을 반추하며, 동양에서 온 소녀를 만나서 지도자의 길을 가는 삶의 이야기가 펼쳐진다. 제목에서 드러나듯이 최고의 정점에는 언제나 그것을 떠받치고 있는 거대한 빙산에 버금가는 숨은 노력이 담보되었다는 사실을 상기시켜 주고 있다.

한 마리 종달새 같은 소녀를 힘차게 비상하는 대붕으로 키워낸 지도자의 노트에서 특별한 훈련이나 조련 방법보다는 스승과 제자가 나누는 감동적인 교감이 '마법'으로 나타났음을 읽을 수 있다. 오서는 "재능이란 너무 즐거워서 스스로 노력하게 하는 것"이며 "연아의 가장 큰 장점이자 강점은 그녀가 스케이팅을 진정으로 사랑한다는 점"이라고 밝힌다. 그는 무엇보다도 평범한 여자아이들처럼 잘 웃고 멋도 부릴 줄 아는 숙녀로 자란 연아를 대견스러워한다.

김연아와 스무 살의 평범한 숙녀? 어쩐지 아이러니 같기도 하다.

우리 사회에서 연아 또래의 '평범함'이란 대학생이거나 생활 전선의 사회 초년생으로서의 의무적인 존재감? 너무나 평범한 그런 것 말고는 또 무엇이 없을까.

음, 연아의 귓불에서 짧게 찰랑거리던 귀걸이와 청초한 연아가 바르는 립스틱. 연아가 공항의 출입국장을 지날 때 입었던 트레이닝복 재킷의 공항 패션과 그리고 '엣지 있는' 연아의 가방……. 아, 바람의 여신 같은 연아의 그 모든 꿈의 레이블들.

'연아표'를 욕망하는 우리 스무 살들의 판타지는 역시나 왜 이리 평균적으로 평범할까.

그러나 지금, 스무 살 어머니의 후예들은 스무 살 여신의 탄생을 축하하는 축포를 쏘며 당당한 삶의 공평함을 추구하고 있는 중이니.

쉿, 너무 말리지는 마세요.

3월에 내리는 눈

모든 게 흩어지고 말지.

— 가와바타 야스나리, 『설국』에서

우리네 인생에서 진정한 의미를 주는 단 하나의 색깔은 바로 사랑의 색이다.

— 마르크 샤갈

"샤갈의 마을에는 3월에 눈이 온다."

김춘수의 시, 「샤갈의 마을에 내리는 눈」의 첫 구절이다.

지금 서울시립미술관에서는 색채의 마술사라고 일컬어지는 화가 샤갈의 전시회가 열리고 있다. 색감을 자유자재로 낼 수 있다면, 그건 마술사라기보다는 신의 경지가 아닐까. 샤갈이라면 그 어떤 색으로 이 비감한 3월의 시간들을 물들일까?

"봄을 바라고 섰는 사나이의 관자놀이에 새로 돋은 정맥이 바르르 떤다"고 시인은 다시 쓰고 있다. 요즘의 경악스런 사태를 바라보고 있는 것만 같다. 바다 건너 남녘의 이웃 나라로부터 봄소식은커녕 공포의 뉴스만 올라온다. 차라리 3월에 눈사태라도 난다면?

눈(雪) 얘기가 나오면 빠뜨릴 수 없는 소설이 있다. 일찍이 일본에 노벨 문학상을 안겨준 가와바타 야스나리의 대표작『설국』. 만일 지난 3월 11일에 발생된 일본 동북부의 대지진이 이후에도 계속된다면 『설국』의 배경 무대인 중북부의 니가타 현, 어쩌면 그곳의 원자력 발전소도 무사하지는 못할 것이라는 불길한 상상에 휩싸인다.『설국』 때문에 유명 관광 명소가 된 그 곳이 초토화될 수도?

해마다 겨울이 되면『설국』에 한 번씩 빠지고는 했다. 한 번도 가본 적이 없는데도 허무의 관조가 짙게 밴 눈 쌓인 고장의 풍경이 머릿속에 훤하게 그려지고는 했다. 그만큼『설국』은 겨울의 묘사가 진한 소설이다.

눈 얘기를 하자니 또 새삼스레 떠오르는 나라가 있다. 첫눈이 내리는 날은 공휴일이어서 무조건 쉰다는 히말라야 산맥 지대의 국가 부탄. 첫눈이 행운을 불러온다고 믿으며 축제를 벌인다니 '국민의 97퍼센트가 행복한 나라'라는 설도 신뢰가 간다. 폭설이 내릴 때면 그 나라에 가서 눈 장난을 실컷 치고 싶다. '현관문을 열었을 때 눈사람이 있으면 그것을 갖다 놓은 사람에게 한 턱을 내야 하는 풍습'이 있다니까(사이토 도시야 외,『행복한 나라 부탄의 지혜』참조).

"모든 게 흩어지고 말지." 이 한 문장만이『설국』의 긴 여운으로 남는다. 무위도식하면서 온천 지방을 유람하는 남자 주인공의 대사이다.

직업적인 접대부인 게이샤 생활을 하는 젊은 여성에게 애정을 느끼면서도 가슴 한구석에 가라앉은 앙금 같은 허무를 떨쳐버리지 못하는 중년의 남자. 그처럼 밥벌이에서 해방되어 여생을 즐길 수만 있다면, 그는 한편 현대인이 동경하는 대표적인 인물상 같다.

허무하다는 것은 불안하다는 것. 어떤 것에도 확신이 없기에 차라리 다 무화(無化)시키고 싶은 심리가 허무주의를 키워내는 건 아닐까. 하지만 예술작품에 배어 있는 허무주의는 매혹적일지 몰라도 현실 세계에서는 매우 위험하다. 이 세상 것이 다 성에 차지 않으니 욕구불만이 되풀이된다. 그래서 역설적으로 이상화된 안정이나 행복을 더 갈구하게 된다. 게임이나 만화 속의 아바타 같은 존재들에게 빠져들기도 한다.

실체가 없는 추상명사일수록 우리를 더욱 매혹시키지 않던가. 사랑, 평화, 희망 등, 이런 단어가 풍기는 뉘앙스에 기대를 걸었다가 절망한 적이 어디 한두 번인가. 그렇지만 우리는 그런 낱말이 품고 있는 '향정신성' 이미지에 현혹되지 않고는, 이 세상을 말짱하게 살아갈 수가 없다.

바르르 떠는 사나이의 관자놀이에/새로 돋은 정맥을 어루만지며/눈은 수천 수만의 날개를 달고/하늘에서 내려와 샤갈의 마을의/지붕과 굴뚝을 덮는다/3월에 눈이 오면/샤갈의 마을의 쥐똥만한 겨울 열매들은/다시 올리브빛으로 물이 들고/밤에 아낙들은/그 해에 제일 아름다운 불을/아궁이에 지핀다.

한국의 시인 김춘수는 그래도 따뜻하고 희망적이다. 3월의 폭설을 축복의 메시지로 받아들이고 있다.

그 사람, 그 무늬들

마르크 샤갈의 화집을 들여다보면 사람이 허공을 날아가거나, 휘장처럼 비스듬히 걸쳐져 있는 구도의 그림이 몇 점 눈에 띈다. 이는 환희와 자유, 방랑 등으로 해석되는데 "나는 하늘과 땅 사이에서 태어났다"는 화가 자신의 주장과도 연관된다. 그는 당대에 유행하는 화풍에 얽매이지 않고 자신만의 세계를 구축하였기에 오히려 독창적이고 자유자재한 색감을 낼 수 있었다. 유대인 집안에서 태어나 고향인 러시아에서도 이방인의 신분으로 살아갈 수밖에 없었던 그는 "우리네 인생에서 진정한 의미를 주는 단 하나의 색깔은 바로 사랑의 색"이라고 단언한다. 그가 색채의 마술사라고 일컬어지는 것은 이런 확고한 작가적 신념 때문이었으리라. 사랑이라는 추상의 색상도 화가 샤갈에게는 뚜렷한 컬러가 되었다.

차라리 이 3월에 폭설이라도 한바탕 푸지게 내렸으면 좋겠다. 『설국』같이 눈에 파묻혀 적요한 세상, 그대로 한 폭의 그림으로 정지될 수 있다면 어떨까. 그러나 지금 일본 열도에서 날아오는 실체도 잡히지 않는 백색 연기에 온 세계가 떨고 있다.

샤갈이 살아 있다면 아마 그 마술 같은 사랑의 색깔로 이 세상을 한 차원 초월된 곳으로 바꿔놓을 텐데. 몽환에 취하지 않고서는 도저히 견딜 수 없는 이 수상한 시절이여!

스프링 개구리

당신이 어떤 수수께끼는 풀 수 없는 수수께끼라고 믿는 한
그 수수께끼는 결코 풀리지 않는다.

— 마빈 해리스,『문화의 수수께끼』에서

경칩(驚蟄)이 지났으니 이제 개구리가 막 튀어나올 것이다. 식물들이 새순을 틔우거나 꽃망울을 터뜨리듯이 땅속의 파충류들도 자신의 존재를 만천하에 드러낼 것이다. 지독히도 추웠던 겨울이 곧 끝날 줄 알았는데 동물들의 구제역 때문에 더욱 오래가고 혹독했었다. 생매장 당하는 가축들. 생지옥이 따로 없었다. 다행히 날씨가 좀 풀리면서 구제역의 끝도 보일 것이라는 실낱같이 반가운 소식이 들린다.

살처분당하는 소들의 순한 눈망울을 생각하면서 인도에서 태어나지 그랬느냐고, 실없는 혼잣소리를 해봤다. 인도라는 나라가 지구상에서 소의 천국이라고 하지만, 실은 먹이를 찾아서 도시의 뒷골목 쓰레기 더미를 파헤치고 떠돌아다니는 바싹 마른 몸집의 소들을 보면 그 짝퉁 같은 '천국론'이 의심스럽기도 하다.

사람들과 소 떼가 뒤얽혀 피난길처럼 델리 기차역을 향해서 북적대며 가던 기이한 풍경이 오래된 필름처럼 새롭게 되살아난다. 내가 잠깐 수수께끼의 나라에 갔다 왔던 걸까. 구제역 뉴스로 온 나라가 암울할 때 나는 불현듯 암소의 살해 행위를 금한다는 '암소권리헌장'이 국법으로 제정된 나라 인도를 떠올렸다.

　그 나라가 소를 숭배한다 해서 이상히 여길 것도 없다. 우리에게도 소는 매우 귀중한 존재였으니까. '우골탑'이라는 공적을 쌓으며 인간에게 헌신했기에 한 가문의 명예를 얻기까지는 소들의 몫도 분명히 있었다는 사실을 우리는 부인할 수가 없다. 지금 우리 사회의 중진 이상의 인사들, 집안의 소 몇 마리쯤은 날리고 학업을 마친 '소에게 빚진' 사람들이 아닌가. 인도나 우리나라 모두 소에게서 취할 수 있는 경제적인 논리 안에서라면 별반 다를 게 없는 동반 국가이다.

　"여러분이 진짜 숭배받는 암소를 보고 싶다면, 밖에 나가서 여러분의 자가용 승용차를 바라보면 될 것"이라고 일침을 가한 사람이 있다. 미국의 인류학자 마빈 해리스는 현대 문명의 이율배반적인 허울을 탐색하고 있다. 『문화의 수수께끼』라는 제목에서 의미하듯이 이해할 수도 없으며 이해하지 않을 수도 없는, 불가해한 세계 각국의 문화 현상들을 짚어보고 있는 책이다.

　다시 소 이야기로 돌아가 보자. 동식물을 숭배했던 토테미즘은 어느 문화권 나라마다 지니고 있는 고유한 원시적 종교 형태가 아닌가. 인도사람들이 소를 높이 떠받드는 '우상(牛上)' 숭배는 그들의 민속 종교인 힌두교에서 연유한 것일 테지만, 마빈 해리스는 그들의 삶과 직결된 생태학적인 해석을 내놓는다. 즉 암소가 지니고 있는, 인간에게 이기적인 가치를 '숭배화'할 수밖에 없다는 것이다. "트랙터는 공장에서 생산되지만 수소는 암소가 낳는다. 암소를 소유한 농부는 수소를 생산해낼 공장을 가진 셈이다." 암소 숭배는 소를 애지중지할 수밖에 없는 자연 농업 시스템에서 비롯된다는 것. 그는 또 미국에서 대규모의 기업농이 발달함에 따라 소농가가 몰락하게 된 경우를 들어서 소와 인간 사이에 놓인 슬픈 현실을 논한다. 이야말로 농사우팽(農死牛烹), 농사가 끝나니 쇠고기나 삶아먹는구나!

인도에서는 아직도 소가 값비싼 농기구를 대체하는 수단이 되고 있다. 우리나라도 아주 오랫동안 그래왔었다. 그러나 지금 우리에게 소는 다만 우유와 고기를 제공하는 식자재로 인식되고 있을 뿐이다. 구제역 때문에 육류의 가격이 파동을 치고 있다는 언론들의 호들갑스런 뉴스를 보면서, 환경친화적인 생활을 실천했던 미국의 환경운동가 헬렌 니어링의 일침에 뜨끔하게 찔리고 말았다.

"우리는 살해자 정도가 아니다. 우리는 노예 감독관이며 착취자이다. 우리는 음식 강도다. 우리는 벌에게서 꿀을, 닭에게서 계란을 강탈한다. 젖소에게서 우유를 뺏는다."

당장 고기 좀 안 먹는다고 죽나, 우리가 너무 고기를 밝힌 죄과로 이 참혹한 부메랑을 맞는가? 축산업 농민들에게는 대단히 미안한 일이지만, 육류 소비가 날로 늘어나는 오늘날 불건강한 국민의 체질 개선을 위해서도 균형적인 채식의 필요성이 거론되고 있는 건 사실이다.

아, 우울한 소 이야기는 여기까지만!

두꺼비든 청개구리든 그들이 막 땅속에서 튀어나온다니까, 아직은

그 사람, 그 무늬들

춘래불사춘(春來不似春)이지만, 기분만은 매우 스프링(spring)!이다. 그런데 구제역 때문에 저 아래 남쪽 지방에서는 봄맞이 축제 행사를 모두 취소했다는 애꿎은 소식도 들려온다. 산수유와 매화가 해마다 환하게 꽃등불을 켠 듯 우리 모두에게 마음의 고향같이 그리움을 불러일으키는 그곳. 재앙의 여파가 결국은 거기까지 미치고 말았다는, 이 허무한 상실감이라니. 폴짝 뛰어 올랐던 '스프링'의 탄력이 그만 헐거이 느슨해지고 만다.

혹시 개구리들이 땅속의 살 썩는 악취에 숨이 막혀서 꼼짝도 못 하고 있는 건 아닐까?

다시 한 번 헬렌 니어링의 말을 되새겨보자.

"동물은 인간보다 훨씬 앞서 지구상에 출현했다. 그들이 영겁을 기다린 후에야 동물을 먹는 인간이 지구에 나타났다."

나비 효과의 효과

> 만일 나비들이 없다면 지상의 그 많은 꽃들에게 누가 중매쟁
> 이 노릇을 할까?
>
> ─정부희, 『곤충의 밥상』에서

나비 효과, 나비의 작은 날갯짓 한 번이 토네이도 같은 회오리바람을 일으킬 수 있다는 강력한 의미를 지닌 용어이다. 대한민국의 아이돌 그룹이 유럽을 강타했다! 프랑스 파리에서 있었던 케이팝(K-POP, 한국 대중가요) 콘서트가 예전의 영국의 비틀스 공연 못지않게 뜨거웠다는 뉴스. 에이, 설마? 반신반의하면서도 그들의 화려한 날갯짓이 더 큰 나비 효과를 불러일으키기를 기대해보았다.

예술적 자부심이 대단한 프랑스인들인데, 당신네 아들딸들이 아시아의 작은 나라에서 온 대중가수들에게 빠져서 울고불고 하는 모양새를 어떻게 받아들였을까? 내 어머니가 매주 거르지 않는 월요일의 〈가요무대〉 프로에서나, 어쩌다 변두리 밤무대에서나 한 번 볼까 말까 한 7080세대의 가수들. 그들과 함께 젊은 날을 보냈던 나로서는

이 시대의 케이팝 가수들이 세계적으로 '먹힌다는' 사실이 신통방통했다. 적나라한 하의 실종 패션으로 팔랑거리던 '소녀시대'들과 길쭉한 팔다리로 말랑거리는 꽃미남 '소년부대'들만 뜨는 방송에 못마땅했던 어르신들도 적잖이 놀라셨을 것이다.

인간들의 정념이 마르지 않는 한, 꽃과 나비는 늘 한 세트로 묶이기 마련이다.

"청사초롱 불 밝혀라, 잊었던 낭군이 다시 돌아온다.""벌나비는 이리저리 훨훨 꽃을 찾아서 날아든다." 그 옛날, 외할머니가 장구를 치며 불렀던 〈태평가〉의 구절들이 불현듯 떠오른다. 이 노래도 한때는 그 세대에게 '핫'했던 최신 가요였을 것이다.

만일 나비들이 없다면 지상의 그 많은 꽃들에게 누가 중매쟁이 노릇을 할까? 정부희의 책 『곤충의 밥상』에서는 흥미로운 나비 탐구가 펼쳐진다. 「족도리풀 찾아 삼만 리」 부분을 보자면, 애(아기)호랑나비 애벌레는 족도리풀꽃 이파리만 먹는다고 한다. 족도리풀은 벌레들을 퇴치하기 위해서 매운맛이 나는 독성 물질을 품고 있는데 이것이 오히려 애호랑나비에게는 식욕을 불러일으키는 자극제가 된다. 다른 벌레들은 접근도 못 하는 위협 물질을 유독 밝히는 애호랑나비, 그는 족도리풀꽃과 무슨 인연이라도 있는 것일까?

족도리, 족두리? 이것은 옛날에 결혼하는 신부들이 머리에 쓰던 화관이었다. 웨딩드레스에 딸린 면사포와 같은 것. 지금은 서양풍의 결혼식이 일반화되어 족두리는 이제 민속박물관이나 고전 의상실에서나 귀하게 볼 수 있는 소품이 되었지만 그 화려하면서도 앙증스런 화관의 멋은 미니멀리즘한 장식을 얹고 있는 현대식 면사포와는 비할 바가 아니다.

혹시 애호랑나비는 전생의 신부를 못 잊어 지금껏 족도리풀꽃만을 찾아다니는 게 아닐까. 서정주의 시, 「신부(新婦)」의 신랑처럼 첫날밤도 치르지 않고 줄행랑을 쳐버린 자신의 경거망동과 비겁함이 회한이 되었던가. 소피가 급해서 방을 나가던 신랑은 돌쩌귀에 제 옷자락이 걸린 줄도 모르고, 그 새를 못 참고 잡아당기며 보채는 신부가 음탕하다고 소박을 놓고는 달아나버렸으니.

그러고는 아주 먼 훗날 우연히

> 신부네 집 옆을 지나가다가 그래도 잠시 궁금해 신부방 문을 열고 들여다보니 신부는 귀밑머리만 풀린 첫날밤 모양 그대로 초록저고리 다홍치마로 아직도 고스란히 앉아 있었습니다. 안쓰러운 생각이 들어 그 어깨를 가서 어루만지니 그때서야 매운 재가 되어 폭삭 내려앉아 버렸습니다.

한 편의 시 속에 이처럼 어처구니없는 여인의 비극이 들어 있으니, 혹시 그것이 애호랑나비와 족도리풀꽃의 스토리텔링이 될 수도 있겠다. 자, 여기까지가 곤충학자 정부희의 책을 보면서 문학적 상상으로 풀어본 '나비 효과'이다.

사람이 죽으면 그 혼이 나비가 되어 날아다닌다는 동양의 속설이 있듯이 서양에서도 나비는 마음(정신)으로 보고 있다. 그리스어 '프시케(psyche)'는 영혼 또는 나비를 뜻하는데 영어 '사이콜로지(psychology, 심리학'의 어원이 되었다. 그리스 신화에서 프시케는 사랑의 신인 에로스(Eros)의 짝이 될 정도로 빼어난 아름다움을 가진 인간 여성으로 등장한다. 이렇듯 나비라는 곤충은 사랑과 영혼을 관장하는 영물인 것이 분명하다.

실지로 1초에 100번씩이나 날개를 움직이는 나비도 있다고 하니 그들의 격렬한 부지런함으로 지구의 생태계가 유지되는 게 아니겠는가. 아, 그렇구나, 나비 효과.

처음의 사소한 요인이 예측할 수 없는 막대한 결과를 가져온다는 카오스 이론의 출발. 그렇다면 내 손짓과 발짓, 눈빛 하나에도 민감할 수밖에 없는 상대방들을 염려하지 않을 수 없다. 특히 수업 때마다 내게로 집중된 학생들의 의식과 감각을 감당하려면 긴장의 끈을 놓을 수가 없다. 애벌레에서 갓 나비로 우화된 존재들에게 무한한 세상의 가능성을 열어젖힐 수 있도록 도와야만 하기에.

사시사철 나비들의 축제가 이어지기를 기원하며, 그리하여 더 많은 나비 효과가 나타나기를 기대하면서. 아, 내가 나비가 되었는지, 나비가 내가 되었는지? 장자의 호접몽(胡蝶夢)을 펼쳐본다. 하나 안에서 서로 각각 존재할 수 있다는 불이성(不二性) 병존의 세계, 그리하여 만물이 일체가 된다는 제물론(齊物論). 알쏭알쏭한 나비 무늬처럼 확연한 실체를 붙잡을 수 없기는 마찬가지.

그래도 나비 세계의 신비를 엿보았다는 관음의 쾌감이야말로 '나비 효과'의 효과가 아니겠는가.

빵장수 공주님과 빵장수 야곱

더 가지려면 덜 가지려는 의지가 있어야 할 거요.
— 노아 벤샤, 『빵장수 야곱』에서

요즘 유행하는 말로 전생에 나라를 구했었나? 태어날 때부터 은수
저나 금수저를 입에 물고 나왔으니 분명 귀족 중의 귀족일 터인데 취
향은 어찌 그리 소박한지? 그분들께서 동네 아줌마와 그 아들딸들이
즐겨 먹는 떡볶이와 순대, 뭐 이런 서민 음식에 구미가 당긴다고 하니
좀 놀랍다. 또 웬 빵들을 그렇게도 좋아들 하시는지?

경영학 수업 실습이라고요? 당신들의 '경영 공부' 때문에 동네 빵집
과 슈퍼마켓, 분식집들이 문 닫게 생겼다고요. 그리고 부잣집 아들딸
들은 왜 다들 경영학만 해요?(이게 다, TV 드라마 때문이다!) 다른 것
들도 좀 하면 안 되나요? 인문학이나 미학 같은 것 말예요. 아, 아버
지의 피를 물려받아서 그런 건 DNA에 들어 있질 않다고요? 헐! 나는
우리 아버지가 재벌이라면 유전자에 상관없이 빵장사 같은 건 안 하

고 가만히 앉아서 놀고 먹기만 할 건데, 팔도 유람이나 다니면서……
여기까지 나오면 내게 날아오는 답은 뻔하다. 그러니까 당신은 맨날
그 모양 그 꼴로 사는 거예요. 장사는 뭐 아무나 하는 줄 알아요?

맞아요. 장사, 그거 아무나 못 하죠. 뉴욕에서 빵장사 하고 있는 야
곱 좀 보세요. 맨날 빵 굽다가 말고 쪽지에다 글이나 쓰고 앉아 있잖
아요. 이 양반이 빵을 파는 데는 뒷전이고 틈만 나면 딴짓을 하는데,
다들 아시다시피 글쎄 그게 빵보다 사람들을 더 배부르게 한다잖아
요. 그래요, 그 아무나 못 한다는 사업가들이 그런 영혼의 양식 같은
걸 팔 수 있겠어요?

'공주님의 빵가게' 논란 때문에 오래전에 읽었던 책을 다시 꺼내본
다. 노아 벤샤의 『빵장수 야곱』은 구구절절마다 밑줄을 그어놓은 책
이다. 현대의 고전이라고 일컬어지는 만큼 시중에는 여러 번역본이
있으며 『빵장수 야곱의 영혼의 양식』이라는 후편도 나와 있다. 원하
는 것들을 무조건 손에 넣기보다는 그것들이 필요 없음을 깨달을 때
더 큰 부자가 될 수 있다는 통찰의 메시지가 들어 있다. 그렇다면 부
자가 되는 비법에 목이 마른 사람들이 꼭 읽어봐야 할 책이 아니겠는
가. 빵장수 공주님께서도 이 책을 보았더라면?

조용한 마을의 작은 빵가게에서 일하는 야곱은 오븐에서 빵이 익어
가는 동안 사색에 잠기거나 무언가를 메모하는데, 그 종이쪽지 하나
가 우연히 빵 속으로 들어가는 바람에 점차 이웃들에게 인생의 상담
자가 된다. 그 빵 속에서 나온 쪽지에 적힌 글귀에 감명을 받은 한 여

인의 입소문을 타고 야곱의 존재가 드러난 것이다. 마치 동화처럼 시작되는 이야기가 삶의 지혜로 가득 찬 경전이 된다. 가득 웅크려 쥔 주먹으로는 다른 선물을 더 받을 수 없다고 욕심을 징계하는 구절에서는 지금 우리 시대 약자들의 가슴이 뻥 뚫릴 것이다. 사실 이 책에 실려 있는 잠언들은 모든 종교의 수많은 선지자들이 이미 깨우쳐준 경구들이다. 그럼에도 작가의 내면화를 통해서 거듭나는 언어들이 정금같이 빛난다.

『빵장수 야곱』으로 세계적인 작가가 된 노야 벤샤는 지금도 빵가게를 운영하고 있다. 그러니까 야곱은 작가의 분신인 것.

"나는 돈을 벌기 위해서 사업을 시작한 것은 아닙니다." 이 작가의 말인즉슨 바로 마음을 비웠다는 것(역시 마음을 비워야 돈을 번다니까!). 우리나라에도 야곱같이 특이하게 빵장사를 하는 사람, 어디 없나?

모 재벌 기업 총수의 따님들께서 베이커리 사업을 중단한다고 하니 그 환상적인 '공주님의 빵가게'를 아쉬워하는 이들도 있겠다. 달콤하고 고소한 빵 냄새가 퍼지는 우아하고 격조 있는 실내 분위기에서 잠깐만이라도 행복지수가 올라가는 체험을 했을 테니까. 재벌가의 2세들이 진출한 외식 사업들이 지금 도마 위에 오르고 있다. 누군가는 그들에게 그 따위 '골목대장식' 말고, 해외로 나가서 달러를 싹쓸이해오라고 '징기스칸식 경영법'을 요구한다.

뛰어난 사업가의 집안에다 돌연변이가 하나쯤 점지해줘도 좋으련만. 신께서는 여태도 종교 지도자나 대학자들은 대체로 가난한 아버지의 몸에서 태어나게 하여, 그야말로 개천에서 용이 나오게 하셨다. 허나 아시다시피 오나가나 시멘트 범벅으로 준설 공사를 해놓았기 때문인지 개천에서 용이 나올 수 없는 시대가 되어버렸다.

지도자로 한 사람을 키우기 위해서는 시대가 주는 시련 말고도 교육비부터 시작하여 엄청난 경제적 비용이 투자되어야만 하는데. 신께서도 빨리 시대 감각을 업그레이드시켜야 되는 거 아닌가. 따라서 이제는 자본의 총아들에게서도 시대를 이끌어가는 정신적인 지도자를 현현시켜주실 때도 되지 않았나? 아, 올해가 60년 만에 돌아온 흑룡의 해라고 하니 어쨌든 개천에서라도 용이라도 많이 나와주었으면 좋겠다.

온몸에다가 승천하는 용 문신을 도배한 '돌아온 용팔이' 그런 사람들이 아닌 진짜 정의의 갑옷으로 무장한 용팔이들.

아Q여, 정말 이겼습니까?

버러지를 때린다고 하면 어떨까?
나는 버러지라구.

— 루쉰, 「아Q정전」에서

    온 세계인이 축구공 하나에 '매달리는' 월드컵은 전쟁 아닌 전쟁 같기도 하다. 태극 전사들의 분투를 보면서 대한민국!을 목청껏 외치면 피가 정말 뜨거워진다. 4년마다 우리의 애국심은 도발적으로 드러난다. 올 6월의 창공에는 "대한민국!"이라는 함성이 더욱 사무치게 울려 퍼진다.

    올해로 6·25전쟁 발발 60주년이 된다. TV에서 이를 기념(?)하는 프로그램이 상영되고는 있지만 월드컵에 묻혀서 그야말로 요식적인 행사 같기도 하다. 하기야 60년 전이면 급물살을 타고 변해가는 세계 정세와 문화의 사이클 속에서 옛 고릿적 시대가 아닌가. 지금 대한민국의 허리를 받치고 있는 젊은 세대들에게 전쟁은 무협지나 컴퓨터 게임 속에서 오히려 더 '리얼'할 것이다.

그 사람, 그 무늬들

미디어 매체에서 '그때를 아십니까?'라고 과거의 환부를 들추는 일은 이제 그 시대를 혹독하게 살아 넘긴 세대들에게조차도 무심한 일이지는 않을까. 흑백영화 필름처럼 주마간산으로 스쳐지나가는 전쟁의 기억이 내 어머니에게는 한 편의 애잔한 영화 같기도 하단다. 벌써 여기까지 우리는 왔다.

전쟁의 상처는 고통스럽지만 상처가 아물면서 피워낸 문화의 꽃은 어느 시대와 사회를 막론하고 흐드러지게 짙었다. 잿더미 폐허에서 생생하게 피어난 정신의 산물은 오늘날 우리가 넘치도록 향유하는 첨단의 물질문명의 원천이 되었다.

중국이 낳은 세계적인 작가 루쉰은 러일전쟁이 길러낸 셈이다. 그는 원래 당시의 신학문이었던 의학을 공부하려고 일본에 갔었다. 원대한 꿈을 지닌 의학도였던 루쉰은 영상 수업 때 틀어주는 영화에서 중국인이 애매하게 첩자로 몰려 일본군에게 처형당하는 장면을 목격하고 돌연히 의사가 되기를 '때려치우고' 말았다.

루쉰이 격분하게 된 것은 강의실에서 영화를 보면서 박수갈채를 보내는 일본인 학생들 속의 자신의 모습과 함께 화면 속의 공개처형 현장에 몰려 있는 자국의 군중 때문이기도 했다. 그는 동족의 죽음을 구경만 하고 있는 동족들을 보면서 너무 화가 나서 '멍청하고 우매하다'는 표현을 쓰기도 했다.

「아Q정전」의 자서에서 밝히고 있는 그의 심경 속에는 작가이기 전에 고뇌하는 지사였던 그의 면모가 잘 드러나고 있다. 공개처형장의 관중 노릇밖에 할 수 없다면 "병에 걸려 죽는 것쯤이야 그다지 불행한 것이 아니"라고 자성하면서, 그는 민중들의 정신 개혁을 급선무로 인식하고 문예 진흥의 길로 매진하게 된다. 그는 메스 대신 펜을 잡고 인생의 급회전을 함으로써 중국 근대문학의 거봉이 될 수 있었던 것이다.

세상을 향한 작가의 개혁 의지는 처음부터 먹혀들어가지 않았다.

"멀쩡한 사람에게 호소했는데도 아무런 반응도 보이지 않았다면 그것은 찬성도 아니고 반대도 아니므로 이럴 때 사람은 끝없는 황야에 홀로 내팽개쳐진 사람처럼 어찌할 바를 모르게 된다." 이처럼 깊은 좌절을 겪은 그는 차라리 영혼을 마취시켜서 생을 소멸시킬 수 있는 방법을 모색하고자 한다. 그러나 끝까지 '대중'을 포기하지 않았던 작가는 후일담에서 그런 '마취법'이 오히려 단단하게 자신을 키우는데 효과적이었다고 술회하고 있다.

루쉰의 대표작 「아Q정전」의 전편에서 하나의 핵심어를 찾자면 바로 '정신 승리법'이다. 작가의 정신적인 편력의 산물이라고 여겨지는 이름도 특이한 주인공 아Q는 인간으로서 그처럼 비루할 수가 없는 인물이다. 타인의 멸시와 조롱을 받는 그는 스스로를 버러지라고까지 비하하면서 바닥을 기는 삶을 지탱한다. 예나 지금이나 군중의 폭력은 한 개인의 존재를 송두리째 마멸시킨다. 당시 중국 성인 남자의 머리 스타일이었던 변발을 쥐고 흔들며 담벼락에 대고 찧기도 하는 의기양양한 일반인 '폭도'들 앞에서 모멸감으로 몸속의 피가 거꾸로 솟구쳤을 테지만, 아Q는 언제나 씩씩하게 털고 일어선다.

"아이들에게 맞은 거라구. 요즘은 정말 말세라니까." 이 같은 아Q의 정신 승리법을 이미 눈치챈 상대들은 그를 더 능멸한다.

"이건 애가 어른을 때리는 것이 아니라 사람이 짐승을 때리는 거다. 어서 '사람이 짐승을 때린다'고 말해봐."

그러면 아Q는 더욱 자신을 공벌레처럼 납작 말아 엎드리면서 사정한다. "버러지를 때린다고 하면 어떨까? 나는 버러지라구. 이래도 안 놔줄 거야?"

아, 이 장면에서는 땅속의 벌레들에게도 인간을 대신해서 사과하고 싶다. 그의 이름 아Q, 아Q를 발음할 때마다 아쿠, 아쿠, 하고 터져 나오는 인간 내면의 고통 소리를 듣는다.

정신승리, 한편으로는 오히려 비웃음이나 사는 자조적인 용어가 되고 있지만, 내일 당장 지구가 멸망한다 해도 '좋아요' 누르기를 멈추지 않겠다는 SNS 세대의 평상심이 가상하다. 사과나무는 무슨, 개뿔! 차라리 잘 됐다, 이참에 '탈조선!' 하며 근자감(근거 없는 자신감) 팽만한 꽃중년들 또한, 그렇다, 정신 승리! 이 언어도단의 처방술이야말로 이 시대의 '찌질이'들에게 허락되는 무료 백신이 아니겠는가.

월드컵이라는, 전쟁 아닌 전쟁을 치르느라 생업을 팽개치다시피 했던 남성 팬들. 이제는 돌아와 거울 앞에서 면도기를 밀다 말고 차가운 이마를 문지르며 반문할 것이다.

전쟁처럼 전 생애를 살다 간 아Q여! 정말 승리했나요?

완득이 어머님, 감사합니다

화장도 안 했던데 무슨 냄새일까. 이런 게 어머니 냄새라는
걸까. 그분이 먹었던 라면 그릇이 전과 달라 보였다.

— 김려령,『완득이』에서

요즘 우리 사회는 엄마 신드롬이 확산되고 있다지요. 출판계에서부
터 영화, 연극 분야에까지 엄마 찾기가 붐을 이루고 있다고 합니다.
왜 이렇게 갑자기 우리는 효자 효녀가 되는 걸까요?

어쩌면 단체로 응석받이라도 되고 싶은 욕구가 역작용하고 있는 건
지도 모르지요. 지금 우리가 기댈 데라고는 엄마밖에 없으니까요. 한
때 내가 잘 나갈 때는 엄마한테 용돈 얼마쯤 송금하는 것으로 나 잘
살고 있거든요, 라는 메시지를 대신하고는 했는데 요즘에는 엄마를
잘 챙기면서 부탁(?)까지 하고 있답니다.

소설『엄마를 부탁해』가 얼마 전에 밀리언셀러에 진입했고, 엄마
영화 〈애자〉가 지난 주말 극장가 매표 집계 순위 1위를 차지하면서
계속 흥행 가도를 달리고 있다고 합니다. 이런 문화적 분위기는 확실

그 사람, 그 무늬들

히 전염성이 강한 게 사실인가 봅니다. 걱정과 잔소리가 주요 테마인 어머니의 전화를 받을 때마다 툴툴대며 대꾸를 하던 저도 모처럼 사근사근하고 부드러운 딸이 되는 놀라운 변신이 가능하더라고요.

완득이 어머님도 베트남에 계신 어머니가 무척 보고 싶으시죠?

완득이 그 애가 지금쯤은 엄마에게 더 많이 호의적인가요?

남편 될 사람에게 장애가 있다는 사전 정보조차도 갖지 못한 채 희망의 판타지를 품고 한국으로 시집을 와서 겪어야 했던 당신의 실의와 비통을 어떻게 다 헤아릴 수 있겠습니까.

제가 완득이 어머니, 당신이라는 존재를 구체적으로 만나게 된 것은 『완득이』라는 책을 통해서였습니다. 어머니가 부재하는 가정에서 외통수로 살아가는 완득이라는 소년의 이야기. 그것은 제게 처음에는 그저 흔한 성장소설류의 책이었습니다. 그러나 세상에 이런 어머니도 있구나, 하고 제 가슴을 탁 치고 올라오는 페이소스 때문에 당신의 편지를 읽는 순간 저는 한 여성이면서 엄마인 당신에게 완전히 동화되고 말았습니다.

"잊고 살지 않았어요. 많이 보고 싶었어요. 나는 나쁜 사람이에요. 정말 미안해요. 혹시 전화할 수 있으면 전화해주세요."

자기가 낳은 아들에게 깍듯한 경어체를 구사하는 세상에서 제일 예의 바른 어머니 당신! 마치 애틋한 연인에게라도 전하는 쪽지처럼,

"기다려도 안 와서 그냥 갑니다. 반찬 남기지 말고 먹으세요."

아들을 향한 당신의 진심이 저절로 공대말이 되어 우러나옵니다.

그래요, 금쪽같은 존재에게 이보다 더한 높임말을 쓴들 어찌 모순

이랄 수 있겠습니까. 존경어가 확실하게 살아 있는 우리 한국어가 이
토록 아름다운 말이구나, 하고 새삼 깨닫게 되더군요.

"사기 결혼 당한 거 눈치채고 도망쳤으면 자기네 나라로 빨리 갈 것
이지." 이처럼 완득이에게 적대적인 존재였던 엄마 당신.

한때 당신들을 묘사하는 매우 진부한 광고 카피가 어떤 동네 어귀
에서 바람에 나부끼기도 했었지요. 정조 관념이 투철하여 일부종사를
철칙으로 알고 살며 외모뿐만 아니라 머리까지도 뛰어나서 일등 신붓
감이라는 당신들. 게다가 '다른 동남아 여성들과는 달리 체취가 아주
좋기까지 하다'는 과도한 선전 문구를 읽었을 때 아, 완벽한 외국인
신붓감의 개념이 이렇게 희극적인 세부 사항까지 포함되고 있다는 사
실! 혹여 당신들이 한국인의 예민한 후각을 오히려 역겨워하지 않을
까, 하는 우려가 들기도 했습니다.

완득이 어머님, 너무 죄책감 갖지 마세요. 베트남에 계신 당신 어머
니에게도, 그리고 젖을 떼고 헤어져서 열일곱 해에 다시 만난 아들 완
득이에게도.

우리 인류는 엄마라는 존재에게 씌어진 광대무변한 이데올로기에
서 아무도 자유롭지 못하니까요. 완득이 그 애를 처음으로 찾아와서
만난 날, 당신은 아들 앞에서 벌 받는 사람처럼 계속 무릎을 꿇고 앉
아 있었습니다.

"화장도 안 했던데 무슨 냄새일까. 이런 게 어머니 냄새라는 걸까.
그분이 먹었던 라면 그릇이 전과 달라 보였다."

17년 만에 만나서 고작 라면이나 끓여 나눠 먹고 헤어진 엄마를 '그
분'이라고 상기해보는 완득이. 허기진 가슴에서 팽창된 발효 가스처

　　　　　　　　　　　　　　　　　　그 사람, 그 무늬들

럼 늘 날숨으로 새어나오는 욕을 입에 달고 살던 그 애도 아주 씩씩하게 잘 컸더라구요.

세상에서 제일 예의바른 당신, 완득이 어머님.

완득이를 낳아주셔서 정말 감사합니다.

강상중, 『고민하는 힘』, 이경덕 역, 사계절, 2009.

강석경, 『능으로 가는 길』, 창비, 2000.

──── , 『경주산책』, 열림원, 2004.

고 은, 『신왕오천축국전』, 동아출판사, 1993.

공지영, 『네가 어떤 삶을 살든 나는 너를 응원할 것이다』, 오픈하우스, 2008.

──── , 『도가니』, 창비, 2009.

권대웅, 『당나귀의 꿈』, 민음사, 2005.

권윤덕, 『꽃할머니』, 사계절, 2010.

김경욱, 『누가 커트 코베인을 죽였는가』, 문학과지성사, 2003.

김경주, 『나는 이 세상에 없는 계절이다』, 랜덤하우스코리아, 2006.

김남주, 『시와 혁명』, 나루, 1991.

김 려, 『牛海異魚譜』, 박준원 역, 도서출판 다운샘, 2004.

──── , 『글짓기 조심하소』, 오희복 역, 보리, 2006.

──── , 『유배객, 세상을 알다』, 강혜선 역, 태학사, 2007.

김려령, 『완득이』, 창비, 2008.

김수영, 『김수영 전집1 詩』, 민음사, 1981.

김영래, 『숲의 왕』, 문학동네, 2000.

김애란, 『달려라, 아비』, 창비, 2005.

김연수, 『청춘의 문장들』, 마음산책, 2004.

김인숙, 『안녕, 엘레나』, 창비, 2009.

김중식, 『황금빛 모서리』, 문학과 지성사, 2008.

김형경, 『사람풍경』, 예담, 2006.

———, 『천 개의 공감』, 한겨레출판, 2006.

———, 『좋은 이별』, 푸른숲, 2009.

김 훈, 『밥벌이의 지겨움』, 생각의 나무, 2007.

———, 『자전거 여행』, 생각의 나무, 2007.

류시화, 『나는 왜 너가 아니고 나인가』, 류시화 역, 김영사, 2003.

문태준, 『먼 곳』, 창비, 2012.

박경철, 『시골의사 박경철의 자기혁명』, 리더스북, 2011.

박덕규, 『안녕, 아무르』, 청동거울, 2010.

박민규, 『카스테라』, 문학동네, 2005.

박범신, 『흰소가 끄는 수레』, 창비, 1997.

———, 『비우니 향기롭다』, 중앙M&B, 2006.

———, 『고산자』, 문학동네, 2009.

박상륭, 『죽음의 한 연구』, 문학과지성사, 1986.

박완서, 『그대 아직도 꿈꾸고 있는가, 한 말씀만 하소서』(박완서소설전집14), 세계사, 2003.

백 석, 『백석시전집』, 이동순 편, 창비, 2000.

법 정, 『무소유』, 범우사, 1999.

———, 『새들이 떠나간 숲은 적막하다』, 샘터, 2002.

———, 『살아 있는 것은 다 행복하라』, 류시화 엮음, 조화로운삶, 2006.

설 흔, 『멋지기 때문에 놀러왔지』, 창비, 2011.

손종섭, 『손끝에 남은 향기』, 마음산책, 2007.

손택수, 『바다를 품은 책 자산어보』, 아이세움, 2006.

신영복, 『나무야 나무야』, 돌베개, 1996.

———, 『감옥으로부터의 사색』, 돌베개, 1988.

안대회, 『문장의 품격』, 휴머니스트, 2016.

안도현, 『짜장면』, 열림원, 2000.

유경숙, 『베를린 지하철역의 백수광부』, 푸른사상사, 2017.

유시주, 『거꾸로 읽는 그리스 로마신화』, 푸른나무, 1996.

이승희, 『거짓말처럼 맨드라미가』, 문학동네, 2012.

이외수, 『하악하악』, 해냄, 2008.

그 사람, 그 무늬들

──, 『청춘불패』, 해냄, 2009.

이이화, 『바람 앞에 절명시를 쓰노라』, 김영사, 2008.

이청준, 『벌레 이야기』, 열림원, 2007.

임철우, 『그 섬에 가고 싶다』, 살림, 1991.

장석주 편, 『다시는 자살을 꿈꾸지 않으리라! – 알베르 카뮈 잠언록』, 청하, 1981.

장 자, 『장자』, 오강남 풀이, 현암사, 1999.

전송열, 『옛사람들의 눈물』, 글항아리, 2008.

전우익, 『혼자만 잘 살믄 무슨 재민겨』, 현암사, 2011.

정 민, 『미쳐야 미친다』, 푸른역사, 2004.

정부희, 『곤충의 밥상』, 상상의 숲, 2010.

정신대할머니와함께하는시민모임, 『버려진 조선의 처녀들』, 아름다운 사람들, 2004.

정약용, 『유배지에서 보낸 편지』, 박석무 편역, 창비, 1991.

──, 『茶山散文選』, 박석무 역주, 창비, 1992.

정일근, 『경주남산』, 문학동네, 1998.

정채봉, 『스무 살 어머니』, 샘터사, 2006.

조영래, 『전태일 평전』, 전태일재단, 2009.

조용헌, 『5백년 내력의 명문가 이야기』, 푸른역사, 2002.

──, 『조용헌 살롱』, 랜덤하우스코리아, 2006.

──, 『조용헌의 명문가』, 랜덤하우스코리아, 2009.

차창룡, 『나무 물고기』, 문학과지성사, 2002.

──, 『미리 이별을 노래하다』, 민음사, 2007.

채정호, 『이별한다는 것에 대하여』, 생각속의집, 2014.

최명희, 『혼불』, 한길사, 1996.

최수철, 『내 정신의 그믐』, 문학과지성사, 1995.

최인훈, 『광장/구운몽』, 문학과지성사, 2002.

한 강, 『채식주의자』, 창비, 2007.

한기호, 『나는 어머니와 산다』, 어른의시간, 2015.

해이수, 『눈의 경전』, 자음과모음, 2015.

허경진, 『허난설헌 시집』, 평민사, 2008.

현진건, 『운수 좋은 날』, 문학과지성사, 2008.

황인산, 『붉은 첫눈』, 삶창, 2014.

가와바타 야스나리, 『설국』, 유숙자 역, 민음사, 2002.

구리 료헤이, 『우동 한 그릇』, 최영혁 역, 청조사, 1999.

기 드 모파상, 『모파상 단편선』, 김동현 역, 문예출판사, 2006.

노아 벤샤, 『빵장수 야곱』, 박은숙 역, 김영사. 1989.

──────, 『빵장수 야곱의 영원한 양식』, 류시화 역, 김영사. 1999.

디 브라운, 『나를 운디드니에 묻어주오』, 최준석 역, 나무를 심는 사람, 2002.

롤랑 바르트, 『애도일기』, 김진영 역, 이순, 2012.

루쉰, 『아Q정전 광인일기』, 정석원 역, 문예출판, 2004.

룽잉타이, 『눈으로 하는 작별』, 도희진 역, 사피엔스21, 2010.

마루야마 겐지, 『소설가의 각오』, 김난주 역, 문학동네, 1999.

마빈 해리스, 『문화의 수수께끼』, 박종열 역, 한길사, 1998.

마하트마 간디, 『간디 명상록』, 이명권 역, 열린서원, 2003.

말로 모건, 『그곳에선 나 혼자만 이상한 사람이었다』, 류시화 역, 정신세계사,
      2001.

모리 슈워츠, 『모리의 마지막 수업』, 김승욱 역, 생각의 나무, 1998.

모옌 외, 『문자공화국의 꿈』, 섬앤섬, 2016.

무라카미 하루키, 『1Q84』, 양윤옥 역, 문학동네, 2009.

베레나 카스트, 『애도』, 채기화 역, 궁리, 2015.

비스와봐 쉼보르스카, 『끝과 시작』, 최성은 역, 문학과지성사, 2010.

빅터 프랭클, 『죽음의 수용소에서』, 이시형 역, 청아출판사, 2005.

브라이언 오서, 『한 번의 비상을 위한 천 번의 점프』, 권도희 역, 웅진지식하우스,
      2009.

사뮈엘 베케트, 『고도를 기다리며』, 오증자 역, 민음사, 2000.

사이토 도시야 외, 『행복한 나라 부탄의 지혜』, 홍성민 역, 공명, 2012.

수전 손택 외, 『수전 손택의 말』, 김선형 역, 마음산책, 2015.

수전 스위츠, 『쥬시 토마토』, 정경희 역, 시그마북스, 2007.

소포클레스, 『그리스 비극』, 조우현 역, 현암사, 2010.

그 사람, 그 무늬들

신시아 라일런트, 『그리운 메이 아줌마』, 햇살과나무꾼 역, 사계절, 2009.

악셀 하케, 『사라진 데쳄버 이야기』, 김혜령, 역, 대원미디어, 1996.

안톤 체호프, 『개를 데리고 다니는 부인』, 오종우 역, 열린책들, 2009.

알베르, 카뮈, 『이방인』, 김화영 역, 민음사, 2011.

─────, 『시지프 신화』, 김화영 역, 민음사, 2000.

R. 타고르, 『기탄잘리』, 박희진 역, 홍성사, 1994.

에리히 쇼일만 편, 『빠빠라기』, 최시림 역, 정신세계사, 1990.

에밀 시오랑, 『절망의 끝에서』, 김정숙 역, 강, 1997.

─────, 『지금 이 순간, 나는 아프다』, 전성자 역, 챕터하우스, 2013.

오 헨리, 『오 헨리 단편선』, 김욱동 역, 이레, 2002.

요나스 요나손, 『창문 넘어 도망친 100세 노인』, 임호경 역, 열린책들, 2013.

월터 아이작슨, 『스티브 잡스』, 안진환 역, 민음사, 2011.

위화, 『내게는 이름이 없다』, 이보경 역, 푸른숲, 2000.

잉게보르크 바하만, 『삼십세』, 차경아 역, 문예출판사. 2000.

장 그르니에, 『섬』, 김화영 역, 민음사, 1988.

장 자끄 상뻬, 『얼굴 빨개지는 아이』, 김호영 역, 열린책들, 1999.

제리 닐슨, 『얼음에 갇히다』, 공경희 역, 은행나무, 2001.

조르주 베르나노스, 『어느 시골 신부의 일기』, 장영란 역, 민음사, 2009.

카타지나 코토프스카, 『고슴도치 아이』, 최성은 역, 보림, 2005.

칼릴 지브란, 『모래와 거품』, 이종욱 역, 한길사, 1999.

─────, 『예언자』, 강은교 역, 이레, 2001.

트리나 폴러스, 『꽃들에게 희망을』, 김석희 역, 시공주니어, 2005.

파트리크 쥐스킨트, 『좀머 씨 이야기』, 유혜자 역, 열린책들, 1999.

페터 빅셀, 『책상은 책상이다』, 이용숙 역, 예담, 2001.

프란츠 카프카, 『변신·시골의사』, 전영애 역, 민음사, 1998.

필립 베송, 『포기의 순간』, 장소미 역, 문학동네, 2011.

한스 에리히 노삭, 『늦어도 11월에는』, 김창활 역, 문학동네, 2002.

할레드 호세이니, 『천 개의 찬란한 태양』, 왕은철 역, 현대문학, 2007.

허먼 멜빌, 『필경사 바틀비』, 공진호 역, 문학동네, 2011.

헬렌 니어링, 『헬렌 니어링의 소박한 밥상』, 공경희 역, 디자인하우스, 2001.

그 사람, 그 무늬들

인쇄 · 2017년 11월 1일
발행 · 2017년 11월 10일

지은이 · 황영경
펴낸이 · 한봉숙
펴낸곳 · 푸른사상사

주간 · 맹문재 | 편집 · 지순이 | 교정 · 김수란 | 마케팅 · 이영섭
등록 · 1999년 7월 8일 제2-2876호
주소 · 경기도 파주시 회동길 337-16 푸른사상사
대표전화 · 031) 955-9111(2) | 팩시밀리 · 031) 955-9114
이메일 · prun21c@hanmail.net
홈페이지 · http://www.prun21c.com

ⓒ 황영경, 2017

ISBN 979-11-308-1225-0 03810
값 15,500원

이 도서의 국립중앙도서관 출판예정도서목록(CIP)은 서지정보유통지원시스템 홈페이지
(http://seoji.nl.go.kr)와 국가자료공동목록시스템(http://www.nl.go.kr/kolisnet)에서 이용하실
수 있습니다.(CIP제어번호: CIP2017028038)

그 사람, 그 무늬들

황영경 책이야기